..

SIETE CUENTOS PARA UN AMIGO

Por

Luis Mendiburu

El Ciprés Editores

ISBN 978-0-6151-5080-2

ADVERTENCIA AL LECTOR

Hace ya algunos años, un amigo, uno de esos amigos que son verdaderos amigos, me preguntó porqué no escribía obras de ficción. "Eres un buen narrador—me dijo- y algunas de tus historias verdaderamente parecen novelas". Confieso que me sentí halagado pero no era la primera vez que alguien me hacía un comentario como ese. Muchos de quienes comentaron o criticaron mis textos históricos añadieron palabras como "prosa ágil y fácil", "se lee con agrado", "la narrativa fluye con suavidad".

Y un día me dije ¿porqué no? Y empecé una novela. Le envié el primer capítulo a mi madre que era poeta. No tardó en contestarme: "Eres un buen historiador. Limítate a la Historia, como novelista no vales nada." Pero mi amigo insistió. Insistió tanto que para que me dejara tranquilo extraje siete relatos de la novela y se los envié. Dos semanas después lo llamé por teléfono para preguntarle que pensaba. Me contestó su hijo y me comunicó que mi amigo había muerto tres días antes.

Esos siete cuentos quedaron en el ordenador. Hoy los he extraído ya de un sistema de manejo de palabras obsoleto. No los corregí. Si eran buenos entonces, lo serán también ahora. Si son mala literatura, no habrán mejorado como mejora el vino a través de los años. ¡Ahí van!

EL DESERTOR

El Okapi González era una bestia. Tenía malos modales en la mesa. Tenía la cara gorda, los ojos saltones y la piel siempre sonrosada. Cuando se vestía de civil, los marineros subían a cubierta a ver salir a ese mamarracho: mezclaba los colores más estrafalarios, camisas a rayas con pantalones a cuadros. Los colores chillones eran su preferencia. Le hacían el chiste de que cuando fue a Estados Unidos a buscar las barcazas, tomó un curso sobre como vestirse bien y ganar amigos, pero el buque zarpó después de la segunda lección. Era flojo. No le gustaba levantarse y cuando estaba de guardia mandaba a pedir café, sandwiches, pan caliente. Esto lo tenía prohibido el comandante. Tampoco podía el oficial de guardia ir al baño o al jardín y tenía que aguantarse. "El hombre inteligente mea cuando puede, el tonto cuando tiene ganas." El Okapi González se llevaba una botella y orinaba en ella. Un día el Okapi se casó con una mujer muy rica y le dio por jugar polo. El, que el único caballo que había visto en su vida era el de la carretela de la basura, pero el Okapi González jugaba polo.

Mario Faxon le conocía pero no era muy amigo del Okapi González. Sin embargo, terminaron como vecinos y hasta cierto punto, emparentados.

Esto de los sobrenombres es algo terrible. Bastaba un chiste, una chirigota a la hora de la comida o en un momento crítico de la maniobra para que el hombre quedara bautizado para el resto de su vida. Así fue con el Okapi González. Había visto en una revista una fotografía de un animal africano llamado okapi. En la Escuela Naval daban películas los viernes y cuando en una película de Tarzán apareció un mamífero más o menos raro, González barbotó:

___ Ese es un okapi.

Y otra voz contestó de más atrás:

___¡ El okapi serás vos!

Proféticas palabras que se cumplieron. González quedaría reconocido como el Okapi hasta el día de su muerte. Hasta los mozos del Club Naval le decían respetuosamente :

___Buenos días, Don Oka.

Historias parecidas tuvieron el Meco Cruz, el Boa Baladrón, el Foro Downey, el Cabezón Gutierrez y cientos otros. En cierta ocasión, volvía el Comandante González abordo de su escampavía. Era noche obscura y la escuadra estaba en pié de guerra. Escampavías sin armamento alguno patrullaban las afueras de Valparaíso escuchando y vigilando los misteriosos submarinos alemanes que como en Scapa Flow, estaban al acecho.

___¡Ah del bote! ¿Quién vive?

___¡González!

___ Buenas noches, mi comandante. De el santo y seña.

___ ¡Que santo y seña! Si soy el comandante...

___ Sí, pero usted mismo dio la orden que repeliéramos a tiros a todo bote que no diera el santo y seña.

Un tiro de rifle seguido de otro y otro, resonó en la bahía. Por lo visto la tripulación del buque estaba bien entrenada y sabía cumplir sus órdenes.

____ ¡Detente imbécil! ¿No sabes que soy el comandante?

Otros tiros contestaron éstas y las imprecaciones siguientes.

____ ¡Si soy yo! ¡El Okapi!

Mágica palabra. No había sustantivo en la lengua castellano que lo reemplazara. Fue aceptada como el santo y seña.

En cierto modo, el Okapi González tuvo más éxito que Faxon . Era una bestia el pobre. Pero llegó a comandante a pesar de su ignorancia. Una vez, durante el curso de artillería, se le explico que había que multiplicar la fórmula de avanzada del cañón por la velocidad del blanco. Resultó que el blanco era estacionario y la velocidad era cero. Al multiplicar por cero el resultado era: uno. No se adelantaba el cañón. Pero el Okapi no lo comprendió así. Le dio vueltas y vueltas en la cabeza a la idea de que el resultado era uno. Después de mucho pensar, interrogó a uno de sus compañeros, el guatón Martínez.

____ Oye guatón, ¿cómo es posible que al multiplicar por cero se obtenga uno?

El guatón Martínez que comprendía muy bien las limitaciones del Okapi, y que se preguntaba como había pasado la clase de matemáticas del Foca Gutiérrez, le dio la solución perfecta:

____ Es que así es como le gusta al comandante y tu sabís que ese es un guevón muy jodido...

____ Ah, ya. --Contestó el Okapi.

En sus días de teniente, el Okapi había sido destinado junto a Faxon a un escampavía, esos que hacen la verdadera vida marinera aprovisionando faros, rescatando náufragos, ayudando a pioneros y pobladores y patrullando por los canales magallánicos. Pero se trataba de un escampavía en una marina pobre. Faltaban los recursos.

Lo peor era que la falta de recursos ponía en peligro al escampavía.

___Comodoro por favor, déme unas espías para amarrar el buque-- se decía que había dicho un comandante.

___ Amárrelo con viento. ¿No es usted marino?-- dicen que le había contestado el legendario comandante "Cara de candado" Arlegui, el comodoro de la base.

"El oficial no puede nunca desnudarse de noche para dormir." (3ro. III, 33, Ordenanzas Armada). Extraña orden. Me imagino que en los buques de vela los oficiales debían estar siempre prontos a salir a cubierta. Talvez por eso, el oficial ese de Magallanes, ese que le decían Okapi, dormía con capote.

Noches frías. Noches largas. Noches en vela. No había suficiente ropa de cama y se decía que el Okapi González se ponía capote antes de meterse a la cama.

El servicio en los escampavías es duro, a veces monótono, pero es allí donde se hace la verdadera vida de marino. El joven oficial aprende a conocer el mar y sus muchos humores. Aprende a navegar, a caletear y por sobre todo, aprende a que como en un buen equipo de fútbol, tiene que depender en otros seres humanos con los que comparte casa, comida y amistad.

Esa noche un viento huracanado azotaba Punta Arenas. El escampavía desobedeciendo las instrucciones del comodoro había cambiado de posición poniéndose al socaire del muelle. Apenas aguantaban sus amarras.

___¿Está abordo toda la tripulación?-- pregunto el comandante.

El entonces, teniente segundo Oscar González, mejor conocido como el Okapi, probablemente no había pasado lista, pero como es la obligación del oficial de estar listo y de tener su misión cumplida, contestó:

___¡Si mi comandante!-- acordándose que en la Armada no existe el "pensé que.." o "el creí que".

Dirigiéndose a Faxon, el comandante le ordenó:

___ Pues apreste el buque para zarpar, segundo. Repetido en quince minutos.

Afuera de la guardia, protegida tras la borda de acero de la espuma y llovizna que el ventarrón levantaba, no había nadie en cubierta. Todos habían bajado donde el "mestre Cuque" en el compartimiento que servía también de comedor. Es decir, González creyó que eran todos.

Pocas veces en la historia de Punta Arenas, conocido también como PArenas, Magallanes y vaya a saberse que otros epítetos, se había registrado un ventarrón como ese. Ya de partida, se da como regla aceptada que el viento allí es uno de los peores del mundo. Dicen que da vuelta al globo por los cuarenta bramadores y viene a chocar con la primera masa de tierra que encuentra: la Patagonia argentina. Pero encuentra un boquete y por ese boquete ruge arrasándolo todo para ir a chocar a Punta Arenas y precisamente al muelle de Punta Arenas. Ese muelle que debe llamarse Muelle Prat. Todos los muelles de Chile se llaman Prat.

Esa noche fue especialmente difícil. La tripulación llamada a repetido sabía que en la rapidez estaba el éxito. Una demora, una espía que tardara en desabracarse y el buque podría chocar contra el muelle Prat. Pero no fue ni lo uno ni lo otro. La orden del comandante pudo anticiparse:

___ Aguantar la espía de proa hasta que el buque esté paralelo al muelle.

___¡Aguanta!

11

Al teniente Faxon le habría gustado largar la espía y dejarla en puerto hasta el retorno. Pero no se podía hacer con la falta de elementos que había...

___ ¡Larga a proa!.--Faxon , como es la costumbre, no había largado la espía hasta no recibir la orden del puente.

___¡Larga!-- repitió.

Pero no se pudo. El buque impulsado por el viento y con poco poder en la máquina se había corrido quedando perpendicular al muelle sostenido a proa por la sola espía que debido a su enorme tensión no podía largarse. Pero poco duró el suspenso. Con un estallido de polvo y cordeles y que algunos juraron dio también chispas, la espía explotó en el aire.

No había tiempo que perder. El comandante se dio cuenta que corría el peligro de verse llevado hacia la playa, apenas distante unos doscientos metros. Sabiendo su oficio y conociendo su buque hizo girar la caña a estribor de manera que el viento abatió al escampavía poniéndolo proa al Este.

___¡Avante toda máquina!

El alegre campanilleo del telégrafo a la sala de máquinas y el rápido cumplimiento de la orden por parte de los maquinistas vinieron a poner fin a la tensión y al peligro. El escampavía, cabeceando y balanceándose navegaba por el Estrecho. Beaucoup de roulis e tangage, lots of rolling and pitching... En cualquier idioma los marineros y los tres oficiales del escampavía se zarandearon de los lindo aquella noche.

El escampavía, después de una terrible noche pasó el cabo Froward y entró en las aguas del Pacífico aún dentro del Estrecho. El tiempo seguía malo, pero el viento había amainado. El teniente Faxon no pudo creer cuando al tomar la primera guardia del día, el "contra" vino a decirle que faltaba un hombre.

___ ¡Pero hombre!¿Se pasó lista?

Dicen que sí pero en la confusión puede habérsele olvidado al segundo y el hombre se quedó en PArenas. En todo caso perder un hombre era grave. Había que avisarle inmediatamente al comandante.

___ Mire Morales, revise otra vez todo el buque. Pregúntele a la gente y avíseme si aparece por algún lado. Yo le diré al comandante-- le dijo el teniente Faxon.

Lo buscaron inútilmente. El hombre había desaparecido.¿Que se había hecho Avendaño? El contra juraba que había pasado lista y que el hombre estaba a bordo. En la confusión de la maniobra, oscuridad de la noche, y lo que es peor, el estado de ánimo creado por el viento, nadie estaba seguro de haberlo visto. Como no tenía puesto de "repetido" a nadie le había faltado. Un radio a la estación naval de PArenas había dado resultados negativos. El hombre no se había presentado.

Quedaban varias posibilidades: el hombre estaba enfermo y se presentaría más tarde o cuando el buque regresara a Punta Arenas. Pero no tenía pariente ni casa en Magallanes. Era de Valparaíso.

Había sido víctima de un crimen en algún lupanar o un bar de Punta Arenas. Pero los crímenes eran raros y ya la policía o por lo menos, los vecinos habrían dado cuenta del caso. Punta Arenas era entonces una ciudad pequeña y todos se conocían. No había avión ni aeropuerto: todos llegaban por vapor.

Había desertado.

Se había caído al mar.

En todo caso, la pérdida de un hombre por cualquiera de los motivos ya señalados exigía una investigación. En la Armada las investigaciones se llaman "sumario". Como el sumario interno del buque implicaba al contra y al Okapi González, se le asignó la tarea al oficial de detall. Es decir el segundo comandante, con la mayor antigüedad. El oficial sumariante sería Faxon. Los resultados del Faxon serían entregados al comandante y éste luego pasaría a un sumario, ya Sumario--con mayúscula-- que designaría el comodoro de Punta Arenas, pues almirante no había en ese tiempo.

_____ Pero, ¿no me dijo usted que había pasado lista?--preguntó el comandante.

_____ Sí, mi comandante...—(el Okapi trató de evitar el "creí que... y el pensé que...) --Estaba mal informado. Creí que...

Perder un hombre en alta mar es cosa seria. La responsabilidad aquí era no sólo del oficial de guardia, del contra, sino más que nadie del comandante. Aceptable que hubiera mal tiempo. Aceptable que el zarpe fue difícil y que pudo traer graves consecuencias. Pero no era aceptable que un hombre cayera al agua sin que lo viera nadie. ¿Cayó durante una maniobra? Se sabía que Avendaño era muy servicial y de muy buen espíritu militar. Siempre ayudaba. Además en los escampavías la gente siempre es escasa y todos ayudan. ¿Y si otro marinero lo botó al agua?

-- No, teniente el asunto no es fácil.-- Había dicho el comandante.

La gran solución era declarar desertor a Avendaño. Si por casualidad aparecía después, le darían la razón al sumariante. Y si no aparecía, igual. Además, la evidencia en el sumario era que no había aparecido a la hora del zarpe. Era desertor.

En la cámara del escampavía no se discutían mujeres. Se discutía Avendaño. El contra juraba que había pasado lista y que no faltaba nadie. González al que como oficial de guardia le correspondía la mayor responsabilidad no admitía que se hubiera pasado lista. El hombre había desertado en Punta Arenas. El teniente Faxon se limitó a poner todos los hechos confirmados y las opiniones de los testigos. No tomó conclusiones. El comandante pensó devolverle el oficio, pero como el sumario se prolongaría indefinidamente y como encontrara un argumento muy válido para las aseveraciones de González, concluyó que Avendaño había desertado. El hecho se basaba en una evidencia importantísima: nadie, ni el propio contra, pudo confirmar o asegurar siquiera que Avendaño había sido visto abordo en la noche de su supuesta desaparición.

El escampavía había viajado varias veces al norte. Se habían cumplido muchas comisiones. Se había acarreado fardos de lana de lugares remotos, ovejas en pié de pequeños pobladores. Se habían repasado los fondeaderos de boyas. Se había prestado ayuda a mercantes, a indios alacalufes. Se habían reaprovisionado faros. Se había, en fin, llevado a cabo las ordenes del comodoro de prestar ayuda donde fuera necesario. Esa noche con tiempo moderadamente bueno para aquellas latitudes, al ancla en el Estrecho, pero con un frío terrible dormían el buque y su tripulación. El Okapi González dormía en un camarote que compartía con Faxon. Faxon estaba de guardia. En esos mares, incluso al ancla, había que mantener un oficial en el puente y vapor en la caldera. Nunca se sabe en esos puertos del Estrecho. Hay que estar precavido.

González dormía en su camarote en paz y tranquilidad. Su sueño era reparador y, podría decirse, refrescante. De pronto, sintió que alguien le tiraba las sábanas hacia los pies de la cama como tratando de destaparlo. Las agarró con ambas manos y las tiró hacia arriba tratando de taparse la cara, pero la fuerza opuesta lo resistió. González se incorporó entonces. A pesar de la oscuridad, pudo ver nítidamente la figura de un marinero. Vestía grueso chaquetón de mar y llevaba gorra de trabajo. Al ver incorporarse a

González soltó las sábanas y sin decir palabra, se llevó varias veces la mano al pecho, como diciendo "yo, yo, yo..." Era Avendaño.

Fue esa noche cuando comenzó la leyenda de que González dormía con capote. Los marineros de la guardia lo oyeron gritar y al oír los alaridos, Faxon mandó el mensajero del puente a ver lo que sucedía. No fue necesario que regresara el marinero, el propio Okapi llegó corriendo, cubierto con su capote de salida y en palabras aterradoras describió lo sucedido: Avendaño había venido a visitarlo y trató de quitarle los cubrecamas. No había desertado.

____ ¡Hombre! Estabas soñando. Vuelve a dormirte.-- Le dijo Faxon.

Costó convencerlo de que se trataba de un sueño, de una pesadilla. Un cabo y el mensajero lo acompañaron de vuelta al camarote y le aseguraron que no había nadie.

No faltó el marinero que dijo: "Ya estuvo tomando otra vez mi teniente González".

EXTRACTO DE LA BITACORA DEL ESCAMPAVIA PAICAVI

Fecha: 17 de noviembre de 1940

Posición: al ancla en bahía Amapola, Estrecho de Magallanes.

Tiempo: Lluvia intensa y vientos fuertes del NO.

0000 Toma la guardia teniente Mario Faxon.

0100 Buque a la gira con balanceo normal. Máquina lenta, atrás, manteniendo tensión en cable del ancla.

0210 Teniente Oscar González se presenta al puente de mando muy

excitado, al parecer víctima de una pesadilla.

0400   Se divisan luces en tierra, probablemente indios.

0530   Alza del personal de cocina.

0600   Diana general.

0615   Guardia informa que hay un cadáver varado a popa. Informado
el comandante, ordenó izarlo y practicar un examen. Cumplida
la maniobra sólo pudo comprobarse que se trataba de un
hombre que vestía blusa de marina. La descomposición del
cadáver y su larga inmersión hacen imposible cualquiera
identificación.

800   Toma la guardia el comandante por estar indispuesto el
teniente Oscar González.

LA CUEVA DE LOS BRUJOS

En España se criaban antiguamente grandes rebaños de ovejas. Era oficio de caballeros el ser propietario de borregas que pastaban en las mestas del norte. Hoy día sin embargo, apenas se ven pequeños rebaños al cuidado de un pastor con su perro. En el Oeste de los Estados Unidos, donde había nacido y crecido mi amigo Luis Mendiburu, las borregas pastaban en terrenos federales. Los peligros eran muchos: linces, mapaches, lobos, pumas, aquí llamados cugares y hasta osos. Pero quienes verdaderamente odiaban a los ovejeros eran los ganaderos de vacunos. No soportaban ni el olor a oveja. En América del Sur, por lo menos las mestas que yo conocí, eran propiedades familiares. Como el famoso Cisternas que un antepasado de dudoso comportamiento, había legado al Arzobispo de Santiago para la redención de sus pecados. Cisternas era el derecho, pero no la propiedad de la familia de mi madre. Este derecho había sido heredado por mi abuela Tila y su hermana. Sus esposos, mi abuelo y el tío Arsenio, gracias a doña Tila y a doña Cristina, tenían el derecho de alquilar Cisternas del Arzobispo. Cisternas era cordillera y allá se llevaban a veranear las borregas de los dos cuñados. Se llevaban miles de borregas en un viaje larguísimo por la lentitud con que se movían los piños y rebaños. Cada ovejero entregaba al patrón la mitad de su piño. No había pasto en el valle para más. El patrón los juntaba a todos y a cargo de un capataz, enviaba el gran rebaño al veraneo. Se contaban las borregas al subir y luego al bajar se dividían en iguales proporciones entre los ovejeros de los dos cuñados. No tenían enemigos. Nadie los odiaba.

Parece que había otras mestas en la cordillera. Digo esto porque recuerdo la historia de Don Gregorio. Don Gregorio era un mercader o un mercachifle que compraba mercancías y algunos víveres frescos que no se daban en la cordillera. Cargaban sus mulas y partía a recorrer los campamentos de ovejeros y en cada valle, en cada campo, vendía sus mercancías a precios elevadísimos. Pero un día, Don Gregorio se murió en la montaña. No se supo de qué pero debe haber sido repentinamente pues unos arrieros lo encontraron tieso como una pala junto a la fogata seca y consumida en su campamento. Cerca pastaban las acémilas y la mercancía estaba en perfecto orden. Pero había algo curioso: el clima de la cordillera es seco durante el verano, y la falta de humedad, el sol y el viento, habían secado el cadáver y Don Goyo estaba tieso, duro como cartón piedra y de igual aspecto. Dicen que se murió como un árbol, se secó nomás. La gente de los campamentos no tuvo ya a quien comprar mercancías, ni víveres frescos que no se daban en la cordillera, como los itos. No podrían ya comérselos fritos, revueltos, a la copa o duros. Sólo quedaba sal, charqui de vacuno y la infaltable carne de cordero.

Don Goyo, el hombre que con sus mulas iba de ovejería en ovejería, o de mesta en mesta, vendiendo sus huevos, sus cebollas, color, sal, fósforos, ardo y otros elementos, conocía muy bien la cordillera. Sabía todos los pasos, el nacimiento de todos los ríos, las vertientes más escondidas de la montaña. En plena cordillera y después de vagar sin agua por dos días, Don Domingo, el patrón viejo, lo había encontrado y pedido ayuda. En menos de una hora lo llevó a la Piedra Botera, un risco del que destilaba un agua cristalina que iba cayendo gota, a gota, en una fuente natural rodeada de algas y lamas. A medio camino de Cisternas y en una quebrada boscosa, está el Agua del Temu. Era una aguada muy socorrida. Por último, en plena cordillera, en un lugar que nunca nadie podría explicarse como llegaron hasta allí los maderos para construirlo, estaba el Corral de los Güíos con su manantial de agua.

Don Gregorio debe haber conocido muchas vertientes pues pasaba semanas enteras en la cordillera durante el verano. Y en esos meses aquello es un desierto. Nada era más entretenido que en las noches de campamento llegara Don Goyo a contar sus cuentos. Así oíamos la historia de Pichuca Liraca, de Neira y de muchos otros que no aprendimos muy bien, pues hoy se olvidan...

Pichuca Liraca había sido un bandido muy famoso. Recorría todo el valle central y vivía en las cuevas de la cordillera. No supe nunca si estuvo o no asociado a los Pincheira o si perteneció a la banda del tenebroso Neira muerto por su primo hermano en la Alameda de San Carlos... Lo cierto es que se presentó solo en Parral y con gran desparpajo declaró:

> Yo soy Pichuca Liraca
> que vengo desde Rancagua
> preste un atentón de enaguas
> después me pasa la cuenta
> que traigo trescientos cincuenta
> pa´ remoler tres semanas.

hasta acabar con mis ganas
con Domitilia, la flaca.
Aquí vengo con mi plata
a bailar con la Celinda.
¡Echale pus perra linda
que vengo de Caletones!

Estas historias se oían también en el patio de clausura de la hacienda que perteneció al abuelito loco. Su nieta doña Tila, mi abuela, la esposa de Don Leoncio, tenía ordenes estrictas de que a nadie se le negara ayuda interpretando estrictamente las palabras del evangelio: "Quién te reciba, me recibe a mí y quién me recibe, recibe a quién me envió." Fue así como al patio de las casas llegaban toda clase de personajes interesantes. Por la primavera llegaban unas monjitas con unos canastos llenos de cuadros de santos enmarcados en seda celeste o rosada con cordones blancos. Así había llegado a las casas una milagrosa imagen de San Cayetano, que gracias a la potencia y rapidez de sus milagros, pasó rápidamente de la despensa a la cocina y de allí a un altarcillo en el corredor.

En las casas de los Urrioz había varias categorías de visitantes. Don Gregorio, por ejemplo, era ya de la casa, como eran los mayordomos de fundos lejanos que venían de vez en cuando a rendir cuentas o a pedir favores. El mudo era solo "allegado".¡El mudo! La llegada del maucho, acompañada de gritos estridentes y guturales era motivo de espanto para los niños y también para los adultos que lo oían por primera vez. Es que se trataba de los gritos más espantosos que jamás emitió garganta alguna. Eran unos chillidos agudos, desconcertantes, terribles... Luego la figura misma del personaje: alto, de pelo abundante y rizado, de barba muy negra, dientes blanquísimos y vestido siempre de mono azul. Llevaba a veces un sombrero negro de fieltro cuyas alas habían perdido su rigidez hacía mucho tiempo pero sus ropas siempre parecieron limpias. Llevaba sus "monos", esto es sus pertenencias y provisiones-- pues era viajante-- en una bolsa o morral terciado a la espalda.¡El mudo! ¡El maucho!¡El mudo!

Al mudo, a quién nunca se le conoció otro nombre, se le daba siempre de comer. Si era ya tarde se le permitía dormir en el "hotel" de los afuerinos donde hacía cama en algún corredor. Mi último recuerdo fue verlo feliz. Su limpio mono azul parecía recién planchado. Su barba negra relucía al sol y mientras sonreía amigablemente con su perfecta dentadura blanca, se iba alejando, comiéndose las uvas de un enorme racimo de uva negra del Ciprés. Pienso que sería el postre del opíparo almuerzo que había recibido en las casas de la familia Urrioz.

Cuando yo no quería comer los tallarines, porque los odiaba, la nana trataba de hacerme tragar esas pastas ya frías, diciéndome:

___ ¡Que viene el mudo!

Pero ni así, mudo o no mudo, con o sin maucho, nunca pude comer los tallarines.

¿Y el mudo? ¿Que le pasó al maucho? Pues una noche el mudo apareció muerto en el lecho casi seco de un riachuelo que se cruzaba por a un alto puente de piedra y cemento. El teniente de carabineros que examinó el cadáver y que ordenó levantarlo, dictaminó que el pobre mudo, probablemente con sus copas en el cuerpo, se sentó en la baranda del puente, perdió el equilibrio y cayó como pera madura hasta estrellarse contra las piedras del estero.

La abuela Tila lo recordó en sus rosarios. El abuelo pagó por su entierro en el cementerio del pueblo, incluyendo la compra de un cordón de San Francisco para que pasara como es debido a la eternidad.

En los campamentos de las ovejerías no había mesas ni sillas. Los hombres comían sentados en el suelo alrededor de la fogata. Si Don Goyo había traído vino, se brindaba con las poesías de los montañeses y había una, dedicado especialmente a los ovejeros:

> Brindo. Dijo un pastorcillo
> Al cuidado de su rebaño.
> Brindo por el nuevo año
> Por el verde montecillo.
> A mí el calor me contenta
> Y el frío me calienta,
> Por un chivato castrón
> Y una oveja cascarrienta.
> ¡Salud!

Y seguían los brindis y los intercambios de cuentos, leyendas e historias. Don Goyo era generalmente, el centro de la conversación. No faltaban los cuentos que se referían a los bandidos, esos malvados que después de la Independencia, habían tomado el estandarte del rey y bajo su nombre cometían toda clase de crímenes, robos y despojos. En nuestra región, el refugio de los bandidos, Neira, Pichuca y Pincheira era una cueva de la montaña. Un día le preguntamos a Don Goyo:

____ Oiga Don Gregorio ¿Ha llegado usted a la cueva de los Pincheira?

____ Muchas veces, pero no es la cueva de los Pincheira, es la Cueva de los Brujos.

____ A ver, ¿como es eso? Cuéntenos, cuéntenos...

Bueno, según Don Goyo, andaba el por la montaña con sus recuas y sus cachivaches cuando de repente, en una vuelta del sendero, vio al toro con los cachos de oro.

___No me van a creer, así fue.

"Claro que eso de los cuernos de oro es pura leyenda nomás. Son sólo las puntitas de los cachos las que son de oro, no todo el cuerno. Y cuando escarba la tierra las pule y pule y brillan cada vez más. Ende que lo vide, traté de lacearlo, pero en desatar el cabrestro, ya se me había ido. ¡Era muy lobo el torito ése! Pero lo seguí y poco a poco, se fue encaminando más y más hacia la punta del Canucalqui. Es que había allá arriba, cerca de la punta del cerro, una laguna con el agua muy clarita y fresca y allí tomaba el toro. Yo lo seguí hasta la cumbre y al llegar a la laguna me pilló el aguacero. En verdad, no lo vi venir. De repente pasó una nube muy grande y empezó a caer un torrente de agua que me mojó todo. Yo iba sin la manta de castilla y traté de abrigarme lo que más podía con lo que llevaba puesto. Pero al dar la vuelta a la punta del cerro encontré la entrada de la cueva. Y es igual como dicen. La piedra-techo se eleva en un ángulo casi igual al del cerro y deja un alero muy bien formado. En el medio del corredorcito que forma el alero, ahí está la puerta. Y como llovía y empezaba a hacer frío y yo todo mojado, me metí por la entrada.

"El piso era de arena y allí, en el medio de la gruta estaban los brujos sentados a la moruna, comiendo y conversando, frente a una fogata muy grande. Y uno me dijo:

___ Alléguese nomás al fuego que ligerito se le secarán las ropas.

"Y así lo hice. Creerían que yo era uno de ellos pues me trataron muy bien. Tenían todos la cara redonda y estaban vestidos con unos como sanbenitos de color morado. Pero la cara aparecía desde dentro de una capucha, un sombrero o gorro muy raro. De los lados y de arriba de la capucha, les salían unas especies de cachos, pero cachos muy lacios, para todos lados. Y bebían de un cántaro un vino muy sabroso y comían unos panecillos muy ricos.

Después llegaron otros más que aunque venían de fuera no aparecían mojados. Eran diferentes: tenían todos las caras muy finas y brillantes. El pelo o la peluca, era muy blanco y empolvado y lo llevaban largo y sujeto con un moño por detrás. Vestían chaquetones negros, largos y rasgados por la parte baja. Los pantalones eran muy ajustados de color blanco brillante y todos llevaban botas negras. Sus movimientos eran muy suaves y alargaban los brazos y abrían mucho las piernas cuando caminaban. También se sentaron y comieron.

La fogata daba muy buen calor y el humo salía para arriba pues desde el fondo de la cueva venía un aire muy fresquito. Yo me creía que estaba soñando y para asegurarme, tomé uno de los ricos panecillos y me lo metí en el bolsillo. Pensando también que después podía darme hambre. Y como ya sería noche, me dormí allí mismo en la arena sin necesidad de taparme siquiera con el fuego de la fogata.

"Y cuando desperté el fuego estaba apagado y los brujos se habían ido. Salí pa´ fuera y ahí estaba mi caballo y mi piara, esperándome. Ni visos del toro, ni los amigos de la víspera. Y como tenía algo de hambre iba a sacar algo de las alforjas para desayunarme, cuando entonces me acordé del panecillo. Y lo palpé desde fuera y lo sentí que estaba ahí, pero cuando metí la mano para sacarlo y lo vide, resultó que era nomás un pedazo de bosta de vaca y ¡claro!, era el puro juguete que me habían hecho los brujos del Canucalqui."

CERRO 737

"El Octavo Ejército de los Estados Unidos en Corea es un cuartel general único e histórico, el primero de su tipo y el primero en sus propósitos. Porque el cuartel General del Octavo Ejercito dirige las fueras terrestres de dieciséis naciones ligadas en un pacto de paz y juramentadas a resistir la agresión.

" EUSAK es el primer mando militar de las Naciones Unidas y el primer en llevar el pabellón de las Naciones Unidas al campo de batalla.

*"EUSAK es el primero y único ejército de las Naciones Unidas. Se ha dicho que si el Octavo cumple con su misión en Corea, **no se necesitará jamás otro ejército como éste."***

Y esto podía leerse en el periódico de las Fuerzas Armadas **Pacific Star and Stripes** el 25 de Junio de 1951.

Fue poco después de esa fecha que fuiste a dar a la península asiática como parte de ese Octavo Ejército, ese que no iba a volver a necesitarse, jamás.

Si el **Wateree** era un barco extraño, también era extraño el buque en que viajábamos de Japón a Corea. El destructor **Sears** había sido modificado para transportar tropas y el resultado era que, como el **Wateree** no era ni lo uno ni lo otro. Tenía un camarote para el oficial de la guarnición. Pero durante mi viaje estaba lleno de pertrechos y provisiones de boca. Tuviste que dormir con el primer teniente en su camarote. En la mesa de la cámara del APD **Sears** se discutía la guerra. El buque estaba en Japón al romperse las hostilidades y no habían tenido un sólo momento de descanso desde entonces. Acarreaban tropas, pertrechos, hasta combustible. En una ocasión llevaron a un grupo de infantería de marina hasta más atrás de las líneas enemigas. Pero nadie sabía del resultado negativo o positivo de la misión. Tu gente y tú eran sólo carga.

Los recuerdos de la guerra en el continente asiático se confunden. Es imposible separar los pequeños momentos de gloria con los muchos días penosos. Ocurrieron accidentes imprevistos que costaron la vida a muchos soldados y compañeros. Es imposible también separar los hechos. A veces no recuerdas si esto ocurrió antes o después.

Las eventualidades salen cuando menos se espera. Pero aquella noche no. Las patrullas numerosas deben separarse de manera que infiltren las posiciones enemigos de avanzada en grupos pequeños. Luego se juntarán más adelante en un lugar designado para eso. Hay que designar un punto de reunión secundario. A veces sucede que el punto designado está ocupado por el enemigo. Los grupos pequeños se infiltran por varios lugares y también a diferentes intervalos de tiempo. Sin duda que es mejor infiltrarse en grupos pequeños.

Al comienzo la guerra había sido difícil. Escaseaban todos los pertrechos menos las municiones; la comida fría, los reemplazos inexistentes. Un pelotón que se suponía de cuarenta y cuatro soldados difícilmente llegaba a veinte. Los comandantes de pelotón eran sargentos que habían ascendido de cabos en pocos meses. Los tenientes eran desconocidos. Se dijo que su duración en el campo de batalla no pasaba de un promedio de 37 segundos. Fue tal la mortandad entre los tenientes que se hizo necesario modificar las tácticas. No era posible ponerlos al frente de las patrullas pues eran los primeros en caer y la tropa quedaba sin líderes. En Corea tuvo que usarse un nuevo sistema; el teniente marchaba en la parte más protegida del grupo, en el mero centro. Hasta se les cambió el nombre de "líderes de pelotón" pasaron a ser "comandantes" de grupos, o patrullas.

Después del desembarco de Inchon las cosas cambiaron. Llegó la infantería de marina, esos tíos con cojones y sin miedo. Te habría gustado ser infante de marina, pero en la universidad no tenían escuela. Iban a escuelas especiales después de graduarse de la universidad. Llegaron también las guardias nacionales. Esta gente no era profesional pero tenía un gran espíritu de cuerpo. Se conocían todos y peleaban como hermanos. La guerra mejoró, si es que puede mejorar una guerra. Y tu llegaste en esa época, precisamente cuando los chinos arrasaron con todas las líneas de Mac Arthur. Atrás, perdida, quedó una división completa de infantería de marina junto con tres batallones de la séptima división de infantería. Uno de estos batallones salió con tres oficiales, 18 soldados y 4 coreanos. A los tres meses, ese mismo batallón ¡volvía al ataque! La infantería de marina en Chosin fue, probablemente, la mejor unidad que jamás haya servido en las fuerzas de los Estados Unidos. Se defendieron como leones y del embalse de Chosin salieron con su equipo, sus heridos y hasta sus muertos. Sin embargo, los que se retiraban o los que llegaban no sabían de estos gloriosos hechos. Faltaba gente en todos los regimientos y apresuradamente se trataban de llenar los cuadros.

Era una desmoralización casi total. Una confusión de derrota la que reinaba cuando tu llegaste. Llegaste mojado hasta las rodillas. No había muelle y la barcaza de desembarco del **Sears** te llevó hasta la playa donde unas olitas que parecían miserables lamían la orilla de una playa de piedras. Al caer la rampa de proa los marineros experimentados saltaron inmediatamente a tierra. Tú no. Cargado con todo el equipo pretendiste esperar que la olita siguiente lavara la cubierta, pero no fue así, la olita era de un mar muy frío, dio en la playa y entró con todas ganas en la barcaza mojándote hasta las rodillas. Fue tu bautismo al frío de la península. Frío y mojado te acercaste al jefe de playa, al "beachmaster":

_____¿Cuanta gente trae?--, te preguntó.

_____ Treinta y cinco reemplazos.

_____ Pues suba en ese camión con su gente y lo llevaran a S-1.

En S-1 te recibió un sargento que curiosamente hablaba español. Dijo haber estado en Colombia. Destinó rápidamente a la gente que traías a diferentes compañías de los regimientos del IX Cuerpo que se encontraban en Kunsan.

_____ Y usted, teniente ¿Dónde quiere ir?

No esperabas ese recibimiento. Era una emergencia. Faltaban hombres por todas partes y el único lugar donde parecía haber orden era en la sección del personal. Querías ir a una unidad de combate y así se lo hiciste saber.

_____¿Y cual prefiere? Faltan tantos oficiales en todas que puede escoger...

¿Como ibas a escoger si ni siquiera sabías cuales eran? Pero algo habías oído en Fort Lewis de la División con la cabeza del indio. Como buen oficial diste una respuesta casi inmediata:

___Segunda división de infantería.

Y así fuiste a caer al primer pelotón, compañía E, Diecinueve Regimiento de Infantería.

Dicen que el soldado bisoño vomita al ver el primer muerto. Tu primera experiencia fue terrible pero no vomitaste. Al día siguiente de tu llegada te embarcaste en un camión, parte de un convoy que te llevaría hasta donde estaba tu división y tu unidad. El camión llevaba una carga valiosa: una escuadra de soldados tan bisoños como tú aunque los guiaba un sargento veterano. Te subiste en la cabina junto al conductor. Era éste un muchacho muy joven, muy simpático y muy conversador. Una vez que se organizó la columna sacó un paquete de cigarrillos y luego de ofrecerte uno, lo encendió. Por su tacto y su conversación, te diste cuenta de que se trataba de un soldado excepcional. Usó todo su tacto para no ofender tu ingenuidad y tu total ignorancia del terreno y de las condiciones en que estábamos. No te hizo preguntas sobre tu experiencia anterior. Prefirió hablar de la "casa":

___ ¿De donde es usted, señor?... ¡De Idaho! Bonito país. Pues yo soy de Chicago.

Te contó de su familia, de su barrio, de los restauranes...Se llamaba John, or Giovanno. En casa le decían Giovannini por ser el cuarto de cuatro hermanos. John Edward Scardina, el conductor que guiaba en forma tan experta ese pesado camión ¡era menor que tu! A pesar de lo áspero del camino, el paisaje de un país desconocido, la buena conversación, la comodidad de viajar en la cabina, todo hacia el viaje hacia la linea de combate casi agradable. De pronto se sintieron algunos chasquidos metálicos...

___ ¡Mierda! ¡Me han dado en el estómago!--, exclamó John.

Soltó la mano derecha del volante y cruzándola sobre su cuerpo se agarró la cintura hacia la izquierda. Tu no te dabas cuenta de lo que sucedía. Pero si te diste cuenta que, o tomabas la dirección del camión, o se desbarrancaban. Empujaste a John lo mejor que pudiste hacia la ventanilla y tomaste el volante y el acelerador. Tu primera impresión fue frenar, pero el convoy seguía su curso. Una vez en control de la máquina, oíste los disparos de ametralladora que hacía uno de los camiones de la columna. En la primera oportunidad, te saliste del camino. El camión que te seguía tocó la bocina y algo te gritaron que no alcanzaste a oír. No era posible salirse enteramente del camino, medio camión quedó en la vía y quienes te seguían tuvieron que disminuir la marcha y dar un rodeo. Mientras tanto tratabas de abrir la puerta para sacar a John que se había desvanecido con la mano sangrante en el costado. Pero la puerta no cedía. El sargento veterano se había bajado y forcejeaba con la puerta también.

___ ¡Por el otro lado! ¡Sáquelo por su lado!

No sin gran esfuerzo y con dificultad, ya que el camión se hallaba contra la ladera, cortada a pique del cerro, entre el sargento y tu sacaron a John cuyo cuerpo tenía la consistencia de un trapo y los soldados ayudaron a ponerlo en la tolva del camión.

___¿Cómo se le ocurre pararse aqui? ¿No ve que estamos bajo fuego de guerrillas?--, preguntó el policía militar que bajó de un jeep.

___ ¿Que puedo hacer? Tengo al conductor herido. Hay que prestarle ayuda inmediata--, le dijiste.

____ Continúe manejando usted. A la salida del cerro hay una aldea con un puesto de primeros auxilios, mientras tanto que lo ayude el sargento. Pero no se detenga. Tome la última posición de la columna y yo lo seguiré con el jeep.

Subiste otra vez a la cabina y continuaste la marcha, esta vez como el último camión del convoy que cerraba un jeep armado de ametralladora. El volante se te hizo pegajoso. Te diste cuenta que el asiento estaba cubierto de sangre y que al subirte o al sacar a John, te habías manchado la mano izquierda. Te acordaste de la parición de las ovejas. A veces también allí había sangre, pero era sangre de borrega. Esta vez era sangre humana. Era la sangre de John.

En el puesto de primeros auxilios tomaron a John E. Scardina y lo pusieron, pálido y desfallecido en una camilla. Se lo llevaron trotando. Cuando llegaste a tu destino y examinaste el camión, pudiste comprobar tres impactos. El primero había penetrado la cubierta por el costado y se había perdido contra el bloque impenetrable del motor. El segundo había caído en la cabina frente a la puerta y se había perdido, probablemente hacia abajo. El tercero había dado contra la bisagra de la puerta y penetrado en el rebote en un ángulo que alcanzó al conductor.

____ Scardina? O yeah! The kid that was brought in yesterday, he was DOA. Dead on arrival!

No podías creerlo. Cuando al día siguiente, pudiste por fin comunicarte con el puesto de primeros auxilios, eso fue lo que te dijeron:

____ Sí, sí, llegó muerto. Una bala le había penetrado el corazón.

Y nada más. Eso era todo. Muerto. El muchacho de Chicago que prefería jugar baseball a ir a clases. Quisiste llorar pero no podías. Te dio ira, odio, deseo de venganza. Pero, ¿contra quien? Podrías o querías disparar tu fusil hasta hartarte contra esos cerros interminables, salir a cazar guerrillas hasta exterminarlos uno a uno, como en Idaho se exterminaban los coyotes. Pero no era así. No sentías pena, sentías odio...

Hay cerros famosos. El cerro de Waterloo, por ejemplo, aunque dicen que no es muy grande, y el de Santa María de la Cabeza donde se defendió la Guardía Civil y algunos requetés. También está el Canucalqui, famoso por lo menos en la comarca en que se encuentra. No sabes si algunos de esos cerros cerca de Kaesong serán famosos en el futuro, pero lo fueron para ti. Cadenas de cerros. Cerro tras cerro con valles cultivados hasta donde se podía; marcados por los pretiles del arroz, cuadros y diques cubiertos de agua; extensas acequias para alimentar los diques y profundos desagües para quitar los excesos del riego. Y donde no había arroz, en las laderas menos empinadas que no podían reconstruirse con terrazas, había árboles: castaños, hayas y cedros. Y por entre esos cerros y por esos valles y cañadones se patrullaba de día y de noche. Líneas defensivas contenían ambos frentes, en medio, una tierra de nadie: cerros y cerros, valles y cañadones.

Tu madre se equivocaba en cuanto al enemigo de Kon-King. El enemigo de Kon-King no era en ese momento un japonés que se llamara Nakihita o Yamakava, no señor. El enemigo de Kon-King eras tú.

Pero te desmayaste allá en el cerro 456. ¡Era que no! Allí me hirieron por primera vez. Nunca supiste como ni por que, aparecieron frente a la posición y en pleno día una patrulla de chinks. Yo creo que los guks se equivocaron y creyendo salir a sus propias posiciones aparecieron en las nuestras. Tu pelotón estaba en las loberas. Curiosamente fue uno que estaba en esas loberas que protegían la retaguardia quien los vio primero y abrió el fuego. Al primer estampido los vieron el resto de tus soldados. No fue necesario que dieras la orden de fuego. Todos dispararon. Cayeron algunos de los guks, pero otros chinos, talvez los de carrera militar y animados con más espíritu, se acercaron a las alambradas. Parecían no llevar armas. Tiraban unos paquetitos cuadrados que explotaban después de caer a tierra.

El polvo, el humo, la sorpresa y el miedo te habían dejado enmudecido. De pronto, un chino entró en las alambradas y siguió, sin importarle las balas, los gritos, las explosiones, ni los desgarros del alambre, avanzando hacía tus líneas. Detrás venían otros. El ataque no era una patrulla a nivel de pelotón. Era por lo menos una compañía. Las ametralladoras y los tiros de fusil seguían tumbándolos antes del alambre, pero unos pocos, siguiendo al hijo de Fumanchú, se acercaban resueltamente, salvando todos los obstáculos, a tus posiciones.

Llegó "la hora del último recurso." Gritando también saliste de la lobera y bayoneta en mano enfrentaste al guk que se te puso al frente. Estúpidamente tus pies se enredaron en los alambres, te habías olvidado de ellos, y caíste desordenadamente sobre las púas o pinchos. Te rasguñaste la cara, los brazos, se te rajaron los pantalones. Tu casco rodó por el suelo. Pero la caída te había salvado la vida. El guck erró el tiro con tu imprevista desaparición y alcanzado por una bala o por el certero golpe de uno de tus soldados, cayó muerto junto a ti. Te arrojaste sobre el cadáver y le hundiste la bayoneta en el pecho. No contento con esto la sacaste y le cortaste la garganta y hubieras seguido allí, humillándote, mostrando tu cobardía y tu venganza contra un cadáver si no hubiera sido porque era necesario repelar a otros chinos que atrás venían.

Pero el ataque duró poco. Desmoralizados por la muerte del líder o ya diezmados más allá de lo que podían aguantar, los pocos chinos que quedaban se retiraron ladera abajo. Fue entonces, y sólo entonces, cuando un agudo dolor en el antebrazo te hizo mirar a un boquete sanguinoliento en el verde-oliva de la manga y que se extendía dentro de la carne, de tu carne. Caíste otra vez al suelo. No oíste a tus soldados cuando llamaron al enfermero y apenas llegaron los camilleros te llevaron a la retaguardia. En la camilla despertaste y cuando pasaban frente a la última línea de defensa, uno de los soldados, con marcado acento sureño, exclamó:

_____ ¡Se llevan a un cola de pato! ¿Y cuanto duró éste?

No supiste si fue un hombre de color. Pero la rabia, la frustración y la realización de que la herida era ridículamente leve, te hicieron levantarte inmediatamente de la camilla y fue así, como con gran asombro de los camilleros que creían llevar a uno más muerto que vivo, les aliviaste la carga y tomando tu lastimado antebrazo con tu otra mano, echaste a andar de vuelta a las posiciones de tu pelotón. Fue tu primera herida.

Ya había cicatrizado cuando saliste en esa feliz patrulla que terminó en el día de gloria.

Eran las noches las difíciles. Noches frías. Noches largas. Noches en vela. Parece ser la maldición de la familia. El padre de Javier no podía dormir antes de entrar en guardia. Don Teodosio no dormía nunca. Y habían otros que dormían. Tú no. Muchas veces, cansado después de una larga patrulla o de dos días continuos en una lobera, retirabas a tu pelotón por una noche, detrás de un cerro bien protegido. Con bastante tiempo se arreglaban los lechos para hacer lo más cómodo posible el saco de dormir. A los cinco minutos todos roncaban como troncos, menos tú que permanecías despierto observando las estrellas del cielo asiático. Y así había sido desde niño. También en la universidad nunca pudiste dormir.

Creo que la culpa la tiene Don Teodosio.

Tu segunda herida fue mas sería. Sucedió en uno de esos ataques inesperados en que grupos de guks aparecían frente a la patrulla disparando metralletas o tirando sus granadas cuadradas. Tú y tu gente los despacharon en pocos minutos pero en el combate cuerpo a cuerpo uno se te vino encima y al tratar de proteger la barriga, levantando la rodilla derecha y poniéndola al frente del cuerpo, la bayoneta del chinate te cortó en el nacimiento del muslo, un poquito más arriba de la rodilla. El hombre al lado tuyo lo golpeó con fuerza en el pecho, lo botó de espaldas y saltó cayendo con ambos pies entre el hombro y el cuello. La clavícula del hombre sonó como ramita seca que se quiebra al golpearla contra una pared. El guni quedó como prisionero herido.

Tu herida resultó profunda aunque no grave. No tenías ningún músculo, tendón o vaso sanguíneo cortado. Cuando volviste al pelotón, muchos se sorprendieron. Te habían visto caer, pálido como un muerto y en ese estado te creyeron. Más tarde el comandante de la compañía te ordenó pasar a la estación de primeros auxilios. Allí te lavaron la herida, te la cosieron con catgut. Te la forraron con tela adhesiva o espadrapo y te dejaron dormir esa noche en un catre de lona. Habrías dormido perfectamente bien. Plácidamente. Pero un enfermero llegó con una jeringa y sin razón alguna te inyectó algo en el otro brazo. Dijo que era para el "tétano". Eso no se conoce en mi tierra... me desmayé otra vez.

En el regimiento el compañero es un amigo, en todo instante se tiene necesidad de los servicio y de la cooperación del hombre que está junto a ti. Las relaciones de amistad se establecen forzosamente, y más tarde, ellas entrelazan los sentimientos de afección, tan preciosos y que son tan útiles en los momentos difíciles. Pero cuando el amigo cae herido de muerte y tu lo sabes, y no puedes ayudarlo, entonces sufres. Sufres también cuando al amigo lo mata una bala o lo destroza una granada o el napalm o el fósforo blanco lo queman hasta matarlo. Es mejor no tener amigos. La amistad en el campo de batalla te hace doblemente vulnerable a la fría mano del destino.

El cerro cónico con una nube encima. Un camino zigzageante que sube entre arbustos, y robledales. En la base del cerro había una cantera abandonada. Tu recuerdas muy bien el cerro. Allí dejaste a mucha de tu gente y a todo el segundo pelotón. La maniobra era muy fácil en el papel, pero no contabas con los chinos. Entre ellos, sin duda, estaba Kon-king peleando con valeroso y valiente afán. Kon-king no conocía su futuro: la hermosa Konkina casada con su primo. Se verían obligados a tener un solo hijo, pues así era la nueva China. Tu tampoco conocías tu futuro. Tu vida era y seguiría siendo un caos de acontecimientos, todos recordados con perfecta exactitud. Para eso eran las largas noches de insomnio. Otros se te habrán olvidado, pero todos carecen de toda dirección o sentido. Eras una víctima más de la civilización moderna. Pasas de un momento a otro, de una profesión a la siguiente, de enfrentar a un enemigo a enfrentar a otro, todo sin considerar pasado y al arriesgar el pellejo desestimando todo futuro. El presente es mecánico. Preserva tu vida. Eres un títere de fuerzas económicas o políticas, mecánicas o técnicas que te han convertido, como a Kon-king, un juguete de la propaganda masiva. Eras el tipo de hombre para el cual el Carlismo no podía significar nada. No ibas a ninguna parte, no tenías ideas que transmitir, solo la mecánica del rifle M-1: " ¡Cuidado! Este tipo de fusil es muy difícil de cargar con un sólo cartucho, es preferible meter el clip entero. El expulsor hace un ruido seco y metálico al extraer y lanzar el clip vacío. Este ruido puede delatar al tirador oculto ya que el ruido del disparo a veces es difícil de localizar."

Ese bestia de sargento con una bayoneta china en el sobaco se las arregló para sacar al apa a un capitán herido. Tu te desmayaste cuando te pusieron la inyección para el tétano.

Dicen que las temperaturas en esas latitudes son extremadamente frías. Se hablaba de 30 grados bajo cero. Así debe haber sido. Pero en la lobera, con el barro congelado y los pies siempre entumidos, no quedaba más esperanza que el soñar. Soñar despierto pues para eso estabas allí. Eran noches oscuras sin ilargi. Cuando sentiste los pasos acolchonados detrás tuyo te diste vuelta inmediatamente. No sería enemigo ya que nadie lo había alertado. No eran enemigos. Eran amigas. Mujeres menudas, regordetas que pasaban de hoyo en hoyo ofreciendo sus servicios por un par de dólares. De alguna manera llegaban hasta las líneas de combate y allí practicaban su oficio aún bajo andanadas de artillería y se dice que hasta durante ataques. Era un servicio rápido en posición de perrito pues la lobera no se prestaba para otra cosa, pero eran mujeres-angeles. Su generosidad era suficiente para calmar los ánimos, acortar la noche, calentar un corazón frío... Por un dólar, o dos... Hubo quienes les dieron cinco y diez. Se lo merecían.

Te parece extraño la tristeza con que marchan tus soldados. Todos llevan ropas inmundas, cubiertas de barro, mugre, sangre, aceite de motor, manchas de comida... Sería raro encontrar alguno que no haya sangrado en las últimas horas. Y sin embargo marchan, serios, sobrios, determinados... es la infantería americana. Tu infantería es la que marcha, sin gloria, con mucha pena, llevando a cuestas innumerables sufrimientos.

¿Cuántos hombres alcanzaste a salvar ese día fatal? Ni tu lo sabes ni lo sabrás nunca. Tu jurarías sobre un santo Cristo que cuando corrías desesperadamente cerro abajo se te juntaron por lo menos tres hombres del segundo pelotón. Corrieron contigo hacia el valle. Llegaron jadeantes y cayeron exhaustos tras los tanques.

¿Sabes tu una cosa? Todas esta cabronada de Vietnam la vi venir yo años antes. Después de le Guerra de Corea se perdió todo el espíritu de Patria de esta gente. Al gringo no le interesaba nada más que su propia comodidad. ¿Al Sur del Río Grande? ¡Me cago chingado! Esos mejicanos, mejicanos con jota, no con equis, ¡me la pelan!, como dicen ellos. Y lo que pase en otra parte, ni me importa tampoco. Allá los chinos con su comunismo. Los rusos también son unos muertos de hambre. ¡Y vino Fidel! ¡Y el Che! ¿Y la Bahía Cochinos? A nadie le importó un comino. El espíritu de Iwo Jima o de Bastogne había desaparecido.

Contaba que a un sargento del 20 de infantería le metieron una bayoneta debajo del brazo. Era cuando asaltaba una posición de ametralladora con tres chinos. Y ¿sabes tú que pasó? Pues nada. Al tío le cayó bien la bayoneta pues despachó a los tres chinos a culatazos. Echó al hombro a su teniente herido y lo llevó hasta el hospital. Propusieron darle la Medalla de Honor del Congreso. Debe haber sido la medalla del Congreso de Escritores Latinoamericanos, pues nunca le llegó nada.

A ti te gusta leer. Te encanta leer. Sobre todo antes de acostarte y aun en la cama antes de dormirte. Tu abuelo te prestaba libros como los de Julio Cesar. Pero aquí no puedes leer. Ni tienes luz. Tu siempre has leído en la noche. Aquí tu noche es para guerrear. Los chinos atacan en la noche. Tu sabes que un tercio de la guerra se pelea de noche.

Tu herida cicatrizó rápidamente. Nunca te impidió movimiento alguno en la mano o en el brazo. Hoy aparece como una línea roja en el antebrazo. No es fácil que te la vean pues va hacia adentro. Nunca recibiste nada. Ni medalla, ni corazón púrpura. ¿Como ibas a recibir una medalla? Te caíste en tu propio alambre. Caíste enredado como un conejo de esos que se metían debajo de la casa y cazabas con un lacito. ¿Quien te causó la herida? Tu mismo crees que fue un pedazo de alambre. Una punta de alambre que se te metió en el brazo y al caer, o al tratar de moverte, te rajaste las carnes. Pero sangró a montones y como marica te desmayaste al ver la sangre. Y te desmayaste de nuevo cuando te pusieron una inyección de tétano, o contra el tétano.¿Tétano? esa enfermedad no la conozco. No hay en mi pueblo.

Tu ejército no participa en huelgas ni en rompehuelgas. Tu ejército participa en guerras. Ya van tres durante tu corta vida. Es posible que veas otra. En la primera eras muy joven. En la tercera, muy viejo. La que te tocó de lleno fue la segunda. Pero tú también, te presentaste de voluntario...Dicen que Franco no lleva medallas ni cintas que las representen. Tu tampoco porque no tienes ninguna. Ni el corazón púrpura te dieron pues te caíste de la camilla. Tito tenía miles de medallas. También las tenían Somoza y Trujillo. ¿Y Perón? Perón las tenía hasta de color rosado. Dicen que cuando por fin se cogió a la Nelly se hizo hacer una con el raso de sus calzones. Fue la condecoración de las bombachas.

Las patrullas son todas mas o menos iguales. A veces sale una escuadra o media escuadra al mando de un sargento. Hay sargentos que saben mucho. Pero cuando salen más de dos escuadras y especialmente si éstas están reforzadas, sale con ellas un oficial. Es decir, sale un oficial si hay alguno, si queda alguno, ya que el tiempo de sobrevivencia de un teniente en esta guerra no se mide en semana, ni en días. Se mide en minutos. Como las patrullas se movilizan de noche desplazándose en la tierra de nadie, ocurren sorpresas, casi siempre desagradables. Se encuentran cadáveres putrefactos, estallan minas o proyectiles de artillería que habían quedado enterrados y que no se esperaba encontrar. A veces una patrulla perdía el camino pues su guía se desorientaba en la oscuridad de la noche. ¿Que hacer? En ocasiones era posible llamar por radio, o por teléfono y pedir a la gente que estaba en las posiciones defensivas que se lanzara una bengala sobre tal o cual cerro conocido. Ubicado el cerro era ya fácil establecer la posición y retomar la ruta planeada para volver a las líneas defensivas. Pero había que entrar por donde se había salido, de lo contrario había posibilidades de caminar por un campo de minas exponiéndote a que te volaran, un pié, o una pierna, o las dos, o los dos. Por último, las posibilidades que te recibieran a balazos tus propios compañeros eran también sólidas. ¡Y todo sin contar con que te descubriera el enemigo y te cosiera a balazos o te despedazara con sus golpes terribles de mortero!

Tu gente cayó también exhausta tras los tanques, pero ese fue el día fatal. El día glorioso no fue así, caímos de sorpresa.

Las mujeres nocturnas del paralelo treinta y ocho, esas que a pesar de la artillería corrían de hoyo en hoyo prestando un servicio rápido y placentero habían sido ángeles. ¿Que eran putas? bueno habrán putas ángeles o ángeles putas. Los soldados necesitaban de un cariño femenino, aunque costase dos dólares y fuera por solo un momento fugaz y casi invisible en la oscuridad de la noche. En esas frías noches del Asia ningún ángel habría sido tan bienvenido como las putas que venían con los disparos de la artillería enemiga.

Aquí no puedes leer pero si puedes escribir. No cuesta nada. El USO o la Cruz Roja te da papel y sobres. No necesitas estampillas. Basta entregarlas al S-1 y la sección personal, del comando del batallón se encargará de entregar tu carta al US Post Office. De allí a tu casa hay un sólo paso. Puedes escribir. Pero tienes que hacerlo cuando tengas tiempo. Cuando tengas un poco de paz. Y peor aún, cuando estés limpio. No puedes meter barro, mugre, aceite o grasa en las cartas. Y a veces hay hasta sangre. ¡Y se te olvidaba el frío! Claro que hubo verano y primavera, pero eso no se recuerda. Lo que no se olvida es el frío. No podías sacarte los guantes ni por un minuto pues se te congelaban las manos. Aprendiste a poner un par de medias entre la camiseta y el cuerpo, así se sacaban y cuando se te mojaran los pies podías ponerte calcetines secos. ¿Habrá pensado algún paisano alguna vez en el placer que son los calcetines secos y calientes?

ORDEN DE ATAQUE PARA PATRULLA MENDIBURU

1. SITUACION:

a. Fuerzas enemigas:

> *Se calculan dos escuadras enemigas , una en el cerro 737 y otra en la aldea abandonada o en la cantera ubicada en 413625-470122. Ambas mantienen sus posiciones y no salen en patrulla.*

b. Fuerzas amigas:

> *El regimiento se mantiene desplegado por compañías detrás de la línea de cerros 413600. La compañía de armas pesadas esta desplegada hacia la derecha de nuestra posición y puede dar apoyo de morteros, bazucas y ametralladoras punto 50 si se requiere.*

> *La primera compañía del segundo batallón, George, está desplegada hacia la derecha y defiende contra un posible ataque de las fuerzas en el cerro 737 o de fuerzas enemigas que puedan descender del cerro 737.*

> *Artillería y mortero pueden cubrir sólo el área asignada a la patrulla hasta las inmediaciones de la aldea abandonada.*

2. Misión:

Entrar en patrulla por el valle, ocupar la aldea abandonada y escalar el cerro 737. Investigar la fuerza enemiga y averiguar sus intenciones.

3. Ejecución:

Se recomienda un ataque combinado de blindados con infantería siguiendo el mismo eje. En la primera fase, avance de la infantería bajo el fuego de los blindados. Para la segunda fase, al llegar a la altura de la aldea abandonada, avanzarán los blindados hasta juntarse con la infantería. Atacarán simultáneamente. En la tercera fase se repetirá la maniobra anterior atacando esta vez el cerro 737 y tomando como objetivo una cantera abandonada en la base suroeste del cerro. En la fase final, atacarán los dos pelotones escalando el cerro por el camino o sendero indicado en el mapa.

Punto de partida: línea defensiva de la compañía E, Easy, a la entrada sur del valle.

4. Administración y apoyo:

Comida caliente a las 0800. Raciones C individuales para cada individuo durante la marcha. Fusileros llevarán una bandolera extra de parque. El tren del batallón está detrás del cerro 381. Puesto de primeros auxilios en RJ 274.

5. Mandos y señales:

Señal de emergencia para levantar fuegos de artillería es UNA BENGALA VERDE CON PARACAIDAS.

El comandante de la compañía permanecerá en el punto de partida en la alambrada listo para entrar en acción con el tercer pelotón en caso de necesidad.

No hubo sonrisas ese día del ataque al cerro 737. Desde el principio la operación te pareció mala. Se lo dijiste al comandante de compañía pero el te insistió: No había peligro. Inteligencia no creía que el cerro estaba bien defendido, a lo más una escuadra de chinos y al otro lado de la cima, o mejor dicho, de la cresta del cerro; una aldea abandonada. Ocupe la aldea, te dijo, pues creen que puede servir de refugio a las guerrillas, que como los zancudos nos vienen atacando desde hace algún tiempo. No te pareció bien. Primero había una larga explanada sin protección alguna. Eran varios kilómetros que había que cruzar al descubierto antes de llegar al pié del cerro. Había una aldea abandonada a medio camino. Abandonada y en ruinas. Serían unos cuatro kilómetros al descubierto. Pediste protección y te dieron un pelotón de blindados: cinco tanques medianos. Obtener apoyo aéreo era prácticamente imposible. La Fuerza Aérea tenía sus propios objetivos y era ahora independiente del ejército. Pero la infantería de marina tenía sus propios aviones. Tu no. Cuando insististe que un pelotón de infantería, bastante diezmado como el primero, no era suficiente, te dieron el segundo. Quedaba poca gente. Un pelotón normal tiene treinta y tres hombres. Las escuadras estaban reducidas a seis o siete hombres. Los sargentos eran cabos, los cabos eran soldados de primera clase. Pero había una gran ventaja, todos eran veteranos.

Arrastrándote como salamandra, en el suelo duro y seco fuiste con el comandante de blindados a observar la situación. No se veía nada ni nadie. No habían obstáculos de ninguna especie, sólo las características críticas del terreno: una loma aquí, un roquerío más allí, unos arbustos, los diques y pretiles de arrozales secos... Conveniste en el plan clásico de ataque de infantería apoyada por fuerzas blindadas. Atacarías por el mismo eje con los cañones de los tanques disparando sobre la aldea supuestamente abandonada primero y cuando se llegara a ese objetivo, se procedería contra el segundo, la base del cerro. Cuando llegaras allí, tú y tu gente tendrían que subir solos. No era posible llevar a esos tanques por el culebreante camino de tierra que escalaba el cerro, cubierto en la cima por una gran nube blanca.

Luego te juntaste con el segundo pelotón y explicaste a su comandante la operación. Avanzarías con ellos hasta la base del cerro. Allí se dividirían otra vez los pelotones. Uno atacaría directamente cerro arriba, mientras el otro lo haría por el camino. En la segunda curva del zig zag los grupos se juntarían y cambiarían de misión. Quien tomó el camino tomaría la pendiente y el que trepaba en lo escarpado tendría el camino hasta la curva siguiente. Y así sucesivamente hasta llegar a la cumbre del cerro.

Pero eras ahora un hombre con cierta experiencia y podías insistir en algunas condiciones: llevarías teléfono con alambre. La radio se convertía de pronto en una carga inútil. Si no fallaban las pilas, el idioma chino dominaba con su interferencia y pitos, sirenas o agudos silbidos no dejaban ni filtrarse siquiera los mensajes. Y aquí iban a haber mensajes importantes.

Se convino que una bengala verde en paracaídas indicaría levantar el fuego.

A mi madre no le gustaban, le encantaban las poesías. De su mente salían poesías de brujas y de hadas. Le gustaban las rimas sonoras y agudas. Despreciaba la rima consonante y monótona de la cultura popular. Sin embargo, una de sus poesías favoritas era sobre un caballero chino que al partir a la guerra se despedía de su amada.

Para esa guerra tan desastroza

Kon-king partióse desde Beijing,

y al despedirse de su amada

Konkina hermosa, dijo Kon-king:

"Parto esta noche con mis soldados

para embarcarme en el Tinkingtón

y como chinos bien educados

combatiremos contra el Japón.

Era una lástima que Kon-king no luchara ya contra los japoneses. En 1952, para él, el verdadero enemigo era el imperialista yanqui, aunque muchos fueran hombres de color, muchos fueran mexicanos, algunos hasta judíos marroquíes y por último, no faltaba, como tú, el vasco de segunda o tercera generación.

"La lucha empieza y es fácil cosa

que no regrese más a Peking,

si así sucede, Konkina hermosa

nunca te olvides de tu Kong-kin.

Allá en el fuego de la Korea

tu dulce nombre pronunciaré.

Veré tus ojos entumecidos

por el recuerdo de mi pasión,

tus piececitos que recogidos

caber pudieran en un piñón."

La Konkina siempre se me imaginó una china estupenda. Podría ser la reina del año nuevo chino en San Francisco. Dulces ojos, un traje de seda blanquiazul muy ajustado y unos pies muy pequeñitos: Konkina.

Una vez, viajando en un tren italiano me encontré con Konkina. Era una chinita estupenda como en la poesía. Baja, de pelo negro corto y de una sonrisa muy dulce. Era ciudadana norteamericana y había crecido en Stockton donde sus padres tenían un restaurante de comida china. La asediaba un hombre mayor que decía trabajar para el World Bank. Le había pagado la cena. Ahora el hombre no la dejaba tranquila. Se aferró a mí como una esperanza para salir de aquel aprieto. Poco pude ayudarla. Le pedí al hombre que la dejará en paz. No aceptó mi sugerencia. No me atreví a tomar el paso siguiente: provocarlo, tirarlo de espalda al suelo y luego caerle con todo mi peso entre el hombro y el cuello. Le habría quebrado la clavícula, pero me habría causado enormes dificultades. La policía, el personal del tren, a todos habría que darle explicaciones. Pero no fue necesario. A la Konkina le bastó mi sólo presencia. Sacó sus garras y se deshizo del tipo impertinente. Le presté mi ayuda con mi presencia, es cierto. Pero nada más. En un tren italiano con compartimientos de seis literas o cuchetas, no hay posibilidades de llegar más allá con la Konkina, o con Margarita. Con Amparo habría tomado compartimiento aparte. Habría comprado un tren entero, sólo para ella.

La primera parte del plan se cumplió sin problemas. Avanzó primero tu infantería mientras los tanques disparaban algunas granadas contra la aldea abandonada. Cuando estabas a unos 300 metros levantaste el fusil por sobre tu cabeza: ¡cuerpo a tierra todo el mundo! Luego pediste por el teléfono que llevaba tu comunicante que se levantara el fuego. Para más seguridad ordenaste disparar una bengala verde. Y luego esperaste que vinieran los tanques. El teniente Scroll, comandante del grupo blindado avanzaba a gran velocidad al mando de sus monstruos mecánicos mientras disparaba sus ametralladoras sobre la aldea. Se suponía que la patrulla esperaría hasta que pasaran los tanques para levantarse y correr con ellos hasta llegar al objetivo, pero ésta era tropa veterana. Sabía que había que levantarse antes de que los tanques llegaran. Y esto por dos razones. Una, que había que emprender carrera junto con los blindados pues de otra manera quedabas atrás y había que alcanzarlos. Y segundo, que ya habían habido muchos accidentes en que un tanquista no había visto a un soldado tendido y lo había aplanado con las orugas. Tu recordabas muy bien a uno en que los pernos de las barras de cadena sinfín habían quedado marcados en la espalda del pobre chato.

Y llegaron los tanques y entraron con la tropa en la aldea abandonada. Y resultó ser exactamente eso: una aldea abandonada. La carrera con los tanques había dejado a la gente cansada. Se convino con Scroll y con tu colega del segundo pelotón en descansar un rato. Los soldados abrieron algunos tarros de raciones: puerco con frijoles, cazuela de carne, pavo con fideos y otras delicadeces. Otros pusieron las latas junto al escape de los tanques antes de abrirlas, así comerían comida caliente. Tu abriste un paquete de raciones secas: café instantáneo, leche en polvo, una cajetilla de cigarrillos que no usarías, azúcar y una apetecida barra de chocolate, la verdadera razón para abrir el paquete.

Terminado el descanso se repetía la maniobra y una hora más tarde ya estabas en el punto de partida para el ataque contra el segundo objetivo.

La cantera abandonada en la base del cerro parecía el costado de un animal muerto y despanzurrado. Pero no se veían las costillas. El color de la tierra amarillenta contrastaba con el verde ocre de los matorrales y arbusto que cubrían el costado del cerro. Tú sabías que allí se ocultaba tropa enemiga y que era más de una escuadra. Talvez sería un batallón. Atacar cerro arriba es siempre un problema. Las granadas explotan mejor cuando las tiras cerro abajo. Primero porque ruedan por el costado del cerro y segundo porque a veces al dar bote, explotan en el aire causando muchos más daños. En eso pensabas allí en la cantera abandonada. Antes de acercarte al cantil, le habías pedido a Scroll que disparara unas andanadas de ametralladora contra el cerro. Pero nada se movió. Aquí y allá saltaron algunos guijarros, cayó una ramita por otro lado. Nada, terminadas las ráfagas, el silencio absoluto volvió. Era tropa muy disciplinada o era tropa que no existía. O eran veteranos los que defendían el cerro, o eran fantasmas. Habíamos ya convenido con el comandante del segundo pelotón que subiríamos el cerro escalonadamente. La primera vez uno por el camino, el otro por la pendiente. Nos juntaríamos en las curvas y trocaríamos posiciones, hasta la curva siguiente. Llamaste a tu gente, sabiendo muy bien, que ojos oblicuos, narices romas y labios abultados te observaban desde la ladera del cerro.

_____ ¡Move out!

El camino era demasiado estrecho para cualquiera formación que no fuera un pelotón en línea de fila. Sin embargo, los espacios entre escuadra y escuadra variaban considerablemente. El segundo pelotón comenzó a escalar la pendiente al mismo tiempo. Diez minutos más tarde te juntabas con ellos en la segunda curva del camino que ascendía culebreando por el costado de aquel fatídico cerro 737.

¿Estaría Kon-King entre aquellos defensores? La poesía de mi madre tenía una estrofa que no puedo recordar exactamente. Se trataba del primo de

Konkina. Erase un chino muy bien plantado que se llamaba Konkin-King-Kan y que despertaba celos horrorosos en Kon-king. Konkina le había asegurado:

Parte tranquilo-dijo Konkina

que juro a Buda, Lama y Konfú

que el mejor chino para esta china

no es mi primito porque eres tú.

Rezando siempre con mis criadas

no saldré nunca del camarín

y si saliere verán echadas

las cortinillas del palanquín.

Por lo menos Kon-king tenía quien lo llorara. Mejor todavía, cuando lo rajara de arriba abajo se encomendaría a su Konkina y yo me enorgullecería el haber hecho a otro celeste morir por su chingada patria. Yo viviría para la mía.

Y subiste cerro arriba. El día había sido ya bastante pesado, pero faltaba escalar el cerro. Alternando entre el camino y la pendiente: un pelotón subía caminando, pero a la descubierta; el otro subía entre los arbustos y matorrales, pero por una pendiente de gran inclinación. Dices que en un viaje largo hasta el poncho pesa. Pues, es así. Los tirantes del arnés parecían cortarte las carnes de los hombros. El peso de la mochila caía cuadradamente sobre el solomillo de tu espalda. A pesar del frío, sudabas copiosamente. Cada paso era un esfuerzo. ¡Ay!¡ si solo fuera posible postergar esta subida hasta mañana! ¡Si pudieras solamente descansar un rato y seguir después! Pero no se podía, o se podía y no estaría bien. El segundo pelotón avanzaba por el camino. Tenías que salir a encontrarlo. No podías dejarlos solos. Había que seguir. Unos pocos pasos más: ya se veía el repecho del sendero y un claro entre los chaparros de la ladera. Pero no. Era imposible. Te forzabas para dar el ejemplo a tu gente. Si podías subir, ellos podían seguirte. Pero había llegado el momento en que un paso más iba a resultar en el colapso físico tuyo y de tus hombres.

_____ ¡Aguanten! Vamos a descansar dos minutos.

Miraste tu reloj que tenía un pequeño secundero cerca de las seis. Eran casi las cuatro y media de la tarde. Pronto oscurecería. Un ruido lejano de explosiones cortas y secas indicaba que el segundo pelotón había entrado en contacto con el enemigo. Tuviste que olvidarte del reloj y del puntero. Había que seguir adelante. No diste orden alguna, sencillamente tomaste tu fusil con las dos manos y empezaste otra vez a trepar por la ladera de ese maldito cerro 737.

Cuando llegaste, por fin, al segundo recodo del camino en el cerro 737, debiste haberte dado cuenta que no se podía avanzar más. Pero tenías que encontrar a la gente del segundo pelotón en la curva siguiente y seguiste. Y te acribillaron. No viste caer a la gente del segundo pelotón, pero la oíste. Cayeron como moscas, como uliak, pues no llegó ninguno a la tercera curva. A la tercera curva llegaron los chinos, los chinks, los guks, después de asesinar a la gente del segundo pelotón. Seguiste todas las instrucciones, todas las sugerencias y te acribillaron igual. Pusiste a tu gente silenciosamente tras el repecho del caminito y, todos a una, diste la orden de saltar al camino de manera que apareciera todo el pelotón a la vez, listo para hacer fuego. Pero los chinos te esperaban. No bien saltaste al camino, cuando una descarga cerrada te recibió. Cayeron muchos de tus soldados. Unos rodaron cerro abajo por detrás del borde. Los malditos gunis amarillos nos estaban masacrando. Otros cayeron en el suelo congelado, hilos de sangre y luego charcos rojos congelados, darían testimonio del recibimiento. Y fue entonces cuando tuviste que decidir. Primero resistir. Luego tratar de salvar a quienes podían salvarse. Una máxima de la guerra que se le olvidó al capitán de la compañía: es más fácil lanzar granadas desde arriba de un cerro hacia abajo, que de abajo hacia arriba.

¿Que es el honor?

El honor es el sentimiento que nos lleva a cumplir las acciones que nos enaltecen y a evitar aquellas que nos denigren. ¿Nos enaltece cumplir una orden que nos denigra? Esa era tu dilema. O cumplías o no cumplías. Estabas entre la espada y la pared. O salvabas a tu gente o abandonabas al segundo pelotón.¿Había solución posible?

Había solución. La solución no era buena pero tenías que tomar una decisión rápida. Te quedaban pocos hombres. El segundo pelotón estaría también bajo ataque y esperaba la llegada de tu gente con la esperanza que atacaras a los amarillos por la espalda, tomándolos entre dos fuegos. Tenías que hacer algo y rápido.

De todas las faltas que puede cometer un jefe en el empleo de su tropa, una sola es vergonzosa: la inacción. Esta vez no fue una decisión impulsiva. No. Fue una decisión bien estudiada, una decisión forzada por las circunstancias después de haber explorado todas las otras posibilidades. La alternativa era tratar de continuar cerro arriba y terminar con el primer pelotón como ya había sucedido con el segundo. Fue el momento culminante del día fatal:

_____ ¡Hombres! Escúchenme. Alivianarse de todo su equipo, menos municiones, rifle y bayoneta. Boten las ametralladoras y todo equipo pesado. Cuando de la señal, me siguen cerro abajo acuchillando a todo el chinate que se nos ponga enfrente.

Y como un torbellino tu gente te siguió cerro abajo sin detenerse un segundo. Gritando, aullando, disparando, lanzando las pocas granadas que quedaban y bayoneteando a cuanto ser humano trato de oponérseles en el camino. El segundo pelotón había desaparecido después de la tercera curva del camino. Habías visto a su teniente caído, con el pecho destrozado por un proyectil tan grande que parecía ser de artillería, pero probablemente era de lanzacohete. Curioso que en ese momento tan angustioso te tomaste el tiempo para pensar con que tipo de proyectil habían herido de muerte a tu colega.

Algunos no alcanzaron a llegar a la planicie. Cayeron extenuados de cansancio y fueron bayoneteados o tomados prisioneros por los chinos. Otros vomitaron, defecaron u orinaron de miedo o de cansancio, perdieron el casco, se torcieron los tobillos, pero no abandonaron su fusil y siguieron corriendo. No tuviste manera de dar señales a los tanques para que te apoyaran.

¡De pronto apareciste con tu gente frente a los blindados gritando, corriendo y agitando tu fusil! Scroll, que como siempre mandaba sus tanques con la cabeza afuera de la escotilla, sacó medio cuerpo afuera, aclaró con dos corridas de la manilla su ametralladora grande y cubrió tu retirada. Los otros tanquistas lo imitaron y a los pocos minutos caías jadeante detrás de las máquinas cuyos motores despedían un vaho espeso y pegajoso.

"Todos los comandantes deben estar íntimamente convencidos y deben persuadir a sus inferiores que la inacción y la pérdida de tiempo son faltas más graves que un error en la elección de los medios."

Tomaste el teléfono de campaña que estaba detrás de los tanques y te comunicaste inmediatamente con "Volcano".

____ Volcano, este es Volcano Uno. El ataque ha fracasado. El enemigo era mucho más fuerte de lo que se esperaba. Tengo más del 50% de bajas y el segundo pelotón ha desaparecido.

Desde la retaguardia contestó el comandante de la compañía:

____ No abandone el ataque. Repito, no abandone el ataque. Hay que tratar otra vez. Le mandaré de refuerzo el tercer pelotón.

____ No mande el tercer pelotón ni a nadie más sino quiere verlo desaparecer como desapareció el segundo pelotón--. Esta vez dijiste el mensaje con palabras cortantes, con energía y determinación. Y para finalizar tuviste que anunciarle que pronto tendría que retirarse el grupo blindado llevando a los sobrevivientes.

Tu gente, es decir, el puñado de hombres que quedaban de tu pelotón, mientras tanto mantenía un fuego sostenido de fusil, fusil ametrallador y pistola sobre la base del maldito cerro donde ya empezaban a aparecer las primeras avanzadas del enemigo. Pero se hallaban bien protegidos y parecían tropa diestra y disciplinada que no iba a comprometerse hasta no tener superioridad numérica.

Scroll que se mantenía con la cabeza afuera de la torrecilla, el único hombre expuesto abiertamente al fuego enemigo, te gritó por encima del ruido de fusiles, rifles automáticos y las ametralladoras de los tanques:

____ Tenemos que salirnos de aquí que si no nos llevan los diantres.¿Puedes poner tu gente en los tanques?

Esta era una maniobra arriesgada. Al subir a los tanques tendríamos que suspender el fuego y la distancia del enemigo era tal que al verse sin peligro saldrían de sus escondrijos y nos quemarían a todos.

___ ¡Dispárales humo!

Scroll debe haber dado la señal por radio pues casi simultáneamente los cinco tanques dispararon granadas de humo que formaron una nube en la base del cerro.

___ ¡Arriba muchachos! ¡En los tanques rápido!

Así terminó o creímos que terminaba el día fatal. Era sólo el primer acto.

A Kon-king no le fue tan bien después de todo. Verdad. Me había matado más de la mitad de la gente. Me había echado del cerro, pero también al hijo de perra lo engañó su Konkina:

> Ya está en la guerra Kon-king peleando
>
> con valeroso y paciente afán
>
> y la Konkina, le está peinando
>
> la trenza al chino Konkin, King-kang...

Tu nunca quieres recordar que tuviste que dar la orden fatídica en el cantil abandonado: ¡En movimiento!. Sabías o presentías muy bien que la mayoría de esos hombres iban a la muerte. No rezaste. No pediste perdón a Dios. Pero si te encomendaste. Te encomendaste a Dios pidiéndole que te prolongara la vida, tu vida. Fue una petición egoísta. Aunque no se lo dijiste a Dios, pensabas en trinchar diez chinos, por lo menos. Si uno resultare Kon-king, mejor todavía, lo ensartarías dos veces. Así no tendría que enterarse de que Konkina le estaba poniendo los cuernos.

___Volcano, this is volcano one. The attack has failed. The enemy is stronger than expected. I have 50% casualties. The second platoon is no more. I am withdrawing.

Decías que la retirada detrás de los tanques y hacia la última línea de defensa fue sólo el preludio del día fatal. Así fue. ¿No lo recuerdas ya? Te habían enviado en una patrulla con la intención de que tus superiores descubrieran cuales eran las intenciones del enemigo. Eso de que " hay poca actividad enemiga, una o dos escuadras" era pura mierda y ellos lo sabían. Pero así es la guerra. Igual como se gasta el papel de escribir en las oficinas, así se gastan las vidas de los soldados en el campo de batalla. Falta papel, compre más. Faltan hombres, que vengan más.

Las dos escuadras resultaron ser casi cinco mil chinos. Pudiste descansar aquella noche pero a la mañana siguiente, muy temprano, el comandante del batallón ordenó retirarse. Cerca de un millón de chinos te perseguían. Te uniste a una columna que trataba de avanzar, o regresar hacia el sur.

Las órdenes eran ahora desesperadas. El personal del cuartel general y los enfermeros ayudaban a los heridos ambulantes a subir a los camiones. Otros grupos sacaban las camillas con heridos de las tiendas de campaña. Nevaba con ganas y el suelo estaba resbaladizo. Los hombres asignados a los camiones trataban de echar a andar los congelados motores y una vez en marcha, de entrar con sus máquinas en la columna que empezaba ya a moverse. Te acercaste a un grupo de gente que empujaba un jeep cuya batería estaba descargada o se había congelado. Muchos vehículos, ya cargados con heridos, no partieron y hubo que abandonarlos. Los heridos, muchos con fracturas de huesos, daban amargos quejidos cuando se les sacaba para cambiarlos de camión. De trecho en trecho aparecían en la columna carros de artillería antiáerea con ametralladoras. Estas tanquetas tenían cuadro ametralladoras sincronizadas que podían matar a muchos chinos en pocos minutos. Otros vehículos llevaban lanzacohetes. También se cargaron con heridos. A los camiones de las cocinas los descargaron botando toda la comida que tenían para llenarlos con heridos.

Miles de hombres, de todos los regimientos y todas las armas se arrastraban como podían hacia el sur, hacia la salvación. Los chinos y los guerrilleros comunistas, ya con cierta indiferencia, pululaban los congelados cerros. El frío era intenso. No tenías termómetro pero recuerdas que fueron los días más fríos de tu vida. Ni en el invierno de Idaho. Los dedos de la mano se entumecían y luego se helaban. Se cubrían de ampollas, ennegrecían y había que amputarlos. Por esta razón había que cuidarlos guardándolos en guantes o en los bolsillos y si no era posible, envolviéndolos en algún trozo de género, aunque hubiera que rasgarse la chaqueta para obtenerlo. De vez en cuando, aparecía un capitán o un mayor que daba alguna orden. Entonces los grupos más alentados se separaban de la columna principal y devolvían el fuego con sus armas. La artillería se detenía cuando podía, o cuando se la ordenaba y disparaba hacia la retaguardia. Como la artillería se movía en los mejores vehículos, se adelantó más y más. Pronto verías los resultados de esos disparos hacia la retaguardia, fogueados con la intención de ayudar la retirada de nuestras tropas, pero que en la realidad, caían entre tu propia gente causando más y más estragos, víctimas quemadas por las explosiones, caras, ojos y manos distorsionados monstruosamente por las quemaduras del fósforo blanco. Y nada de echarte agua. Si una chispita te caía en el dorso de la mano, agarrabas tierra y la tapabas inmediatamente o la raspabas con un cuchillo, antes de que penetrara hasta el hueso.

El que podía se enganchaba en un camión, o en un tanque o en otro de esos horrendos vehículos de guerra: armones, remolques, cureñas, carros de artillería antiaérea con ametralladoras, camiones con ruedas de orugas, grúas, carros tanques y qué se yo...y el enemigo que interrumpía la marcha cuando menos se lo esperaba, disparaba una ametralladora rompiendo carnes, tumbando gente y segando vidas entre la columna. Si el camión frente a ti tenía una ametralladora, ésta disparaba tratando de silenciar al enemigo. Nadie osaba en atacar al agresor. ¿Para que arriesgarse? Solo había que salvar el pellejo. Pronto la mortífera máquina quedaba atrás, o se atascaba, o se le congelaba el gatillo, o se le acababa la munición y la columna seguía su paso con más lentitud, con igual frío, castañeándole al hombre los dientes, arrastrando tus pies por la nieve y el barro congelado.

Otras veces eran golpes secos de morteros los que caían alrededor de la columna y hombres que todavía caminaban debían ser recogidos y apilados en los camiones y vehículos. Nadie reparaba en que eras oficial. Cada cierto trecho, el personal del camión empezaba a dejar caer a los muertos para hacer lugar a los nuevos heridos y no podías apartar el pensamiento de que mientras caminabas con los pies entumecidos tu próximo episodio podía ser de herido en el camión que seguías y el siguiente, de ser lanzado, ya tieso, del mismo vehículo. ¿Cómo podías apartar ese pensamiento cuando lo viste cien veces?

De pronto apareció un capitán, corriendo a lo largo de la columna. Parecía saber lo que pasaba, gritó:

____ Los hombres que tengan fusiles y bayonetas ponerse al flanco derecho que viene un ataque.

Por la ladera del cerro a un costado del camino venían otra vez los chinos tocando clarines y dando gritos de triunfo. La pendiente los traía a la explanada en plena carrera. Sin esperar órdenes, pues no llegarían, gritaste a los soldados que te siguieran, había que enfrentarlos antes de que llegaran a la columna de vehículos.

El choque fue tremendo. Hombres desesperados, músculos cansados, acero y acero. Golpes de culatas que destrozaban cráneos, disparos aislados de hombres con alguna esperanza. Pero los chinates eran muchos, tu grupo retrocedió. El capitán ya herido, arrastraba una pierna y una mano sangrante, pero todavía gritaba:

_____ ¡A los camiones!¡a los camiones! Subirse como pueden y hagan fuego muchachos.

Así se hizo. Un hombre ayudó al oficial. Se sacó su propio guante y trató de ponerlo en la mano izquierda del mayor. Pero el dedo meñique colgaba todavía y el propio herido se lo tiró para quitarlo, pero había que cortarlo. Alguién le pasó un cuchillo. Cortó el dedo, se puso el guante y entre varios lo ayudamos a subir al camión más cercano que ni siquiera disminuyó la marcha.

La columna continuó su marcha pero no avanzó muy lejos. Los chinos eran muchos, muchos. Pero nosotros teníamos municiones, ellos no. Los heridos que podían, sacaban los clips de balas de las bandoleras y los pasaban a quienes disparaban. El desigual combate, masa contra poder de fuego, continuó por casi una hora. Los carros de artillería antiáerea bajaban sus cañones y disparaban mortíferas andanadas contra las compactas masas de chinos. Unas descargas de artillería nos ayudaron.

Nuestro grupo continuó su avance y la defensa la tomó el grupo que nos seguía. Se había conseguido el objetivo principal: que el enemigo no cortara la columna y que no detuviera la marcha.

Llegó la noche. Temías que escasearan las municiones pero había suficientes. Lo que faltaba era la comida. Las pocas raciones C que los soldados tenían en las cartucheras, fueron dadas a los heridos. Las que quedaban en los morrales y macutos...nadie tenía ya morrales o macutos. Los quejidos de los heridos eran sobrecogedores. Cada bache del terreno, cada remezón, causaba dolores terribles en esa pobre gente que con fracturas compuestas en muchos casos, apenas sobrevivía.

Esa noche fue terrible. Te diste cuenta muy rápido que o te movías o morías en ese lugar. Mantuviste tu caminar y tu dirección y eso te salvó. Alrededor tuyo, ya no quedaba nadie de tu pelotón. Se habían dispersado o quedado en el camino. Adelante, siempre adelante. Fuego esporádico caía sobre la interminable columna. Pasabas un camión para que luego te alcanzara. Algunos soldados, se separaron de la columna. Trataban de acortar el camino escalando los cerros. Desaparecieron para siempre. Morteros, tiros de ametralladoras, luces de bengala, granadas de artillería cargadas de fósforo blanco, sin duda nuestras, de tu propia división, caían de trecho en trecho cerca de la columna.

Caminar, caminar. Toda la larga noche caminaste. No te detuviste como aquellos que los atropellaron sus propios tanques o camiones. No te hirieron como otros que quedaron en el camino sin brazos o sin piernas, o sin cabeza, o con todas sus partes pero muertos por la concusión de una explosión cercana. No se te congelaron los pies o los dedos de la mano como aquellos que tuvieron que llevar al Japón para cortarle los miembros podridos.

Tu pelotón había tenido un 50% de bajas al comenzar la marcha. Ahora quedabas tu solo. Tu batallón había desaparecido.

Esto no tenía sentido. El Día de Gloria tomaste prisioneros. Los muertos fueron mínimos. Apenas un herido leve de nuestra parte. Pero en el Día Fatal fue lo contrario.¿Cuantos de los tuyos quedaron prisioneros? ¿Cuantos cayeron en aquel cerro? Nunca lo sabremos. Pero el pelotón estaba diezmado ya antes de empezar la marcha. El segundo pelotón dejó de existir. Creo que quedaban dos y uno murió después. Se desangró en el camión que lo llevaba a la retaguardia. Ese cerro 737 fue la tumba para muchos. Al llegar a la tercera curva... no era la tercera, para ti era la segunda... como sea, al llegar a la curva te recibieron con una descarga cerrada de fusilería. Tuviste que refugiarte con tu gente detrás del borde del camino y de allí tratar de reorganizarte. Pero era imposible. La patrulla de la segunda no aparecía por ninguna parte. ¿Como iba a aparecer? Ya la habían acuchillado entera. Tenías que tomar una decisión y la tomaste. Que dejaste gente arriba del cerro... bueno, no había alternativa. ¡Maldito cerro 737!

ANTONIO ROSAS: SOLDADO DE CUERA

Los granjeros de California, salvo la gente que se dedica a eso, no crían tampoco caballos. En tiempos de los españoles había caballos por miles. Caballos de montura, caballos de tiro y hasta caballos de carga como acémilas. En ciertas ocasiones se hacía necesario desbarrancar caballos salvajes pues consumían demasiado zacate. El zacate era escaso especialmente en tiempos de verano y había que reservarlo para los rebaños de vacas de las misiones y de los presidios. El gobernador decretó, por ejemplo, que los habitantes del nuevo pueblo de San José se limitaran a la posesión de 25 caballos por persona. Un buen caballo era muy preciado por los granjeros y los soldados. El hombre de guerra siempre fue el hombre de a caballo. Allá en el fuego de la Corea el caballo habría sido muy útil. Podías haber galopado frente a los chinks. Te habrías reído de los guks que si no podían alcanzar a un hombre corriendo, menos podrían apuntarle a un hombre galopando.

En sus estudios de la historia de California, requisito necesario para sacar una licencia de maestro, Luis leyó muchas historias de caballos y uno lo impresionó mucho. Fue la historia del soldado Rosas.

En la California española la abundancia de caballos era tal que no había ladrones de caballos. Quien necesitara un cambio de cabalgadura podía lacear uno del campo que pasaba, cambiar montura y seguir su camino en un nuevo corcel. Cuando pasara por allí de vuelto lo recogería, si es que pasaba. Pero cuando llegaron los gringos. ¡Dios me libre! Al sonorense Murrieta lo persiguieron como ladrón de caballos. Su profesión había sido llevar bestias de California a Sonora. Dicen que cuando vino la Fiebre del Oro se hizo parte de un circo. Esos caballos de California comían zacate. Los de Sud América comían pasto, los de Don Teodosio ramoneaban entre los arbustos del cerro y subiendo y bajando las laderas criaban patas gruesas, firmes y robustas, Cuando sonaba el cuerno en las alturas del castillo, los caballos sabían que les darían avena y cebada y corrían cerro arriba para entrar en el bastión.

Don Leoncio, el abuelo de Javier, basó su fortuna en la cría de caballos. Don Teodosio hizo penitencia por su pecado criando caballos. Los caballos no fueron siempre la salvación, en algunos casos la raza equina fue la perdición. Al pobre Rosas, o Rozas, o de Rozas, le cayó un castigo ejemplar por asuntos caballares o de caballos. Dijeron los frailes que fue un crimen caballuno. Al mestre cuque que sacó el ratón de la olla de la sopa, le cayó una semana de arresto, por decir la verdad. Rosas dijo la verdad pero nadie lo perdonó.

Los lanceros españoles de California eran conocidos como "soldados de cuera". La "cuera" consistía en una chaqueta o peto, o chaleco si se quiere, de cuero grueso. Protegía al soldado de la flecha o de la jara indígena. El soldado de cuera iba armado de adarga, lanza, escopeta y sable. Era caballería pesada. El pobre Antonio Rozas era soldado de cuera. El malvado Albitre, que no podía dejar tranquilas a las mujeres de sus compañeros, también era soldado de cuera. A uno lo fusilaron y lo quemaron, al otro sólo lo reprendieron.

La falta de mujeres en California no se compensaba con el exceso de caballos. El sargento Ruiz fue sorprendido en la cama del cabo con la mujer de éste. A Sebastián Albitre hubo que ponerle esposas para que no abusara de las indias. Se decía que una mujer en San Juan Capistrano había parido un perro. Y el Comandante Goycoechea, sintiéndose culpable del castigo impuesto al pobre Rosas, desesperaba, escribía a su coronel; "Como sólo se castiga a los hombres amancebados, ¿que se ha de hacer con las mujeres que hacen gala de ello?"

Había que dar un castigo ejemplar a los soldados. Soldados españoles, esos que hermanan la religión y el deber. Pues ocurrió que en California abundaban los caballos pero escaseaban las mujeres. Fue así, como Antonio de la Rosa, soldado de cuera del Presidio de Santa Barbara, cometió un crimen nefando con una mula cuando estaba de guardia en la llanura de La Mesa. Dos muchachas indias informaron al comandante del presidio.

El Comandante Goycoechea abrió inmediatamente una causa criminal contra el recluta de diez y ocho años. El Alférez Pablo Cota actuó como fiscal y el sargento jubilado José María Ortega fue su defensor. Antonio confesó su crimen y ofreció como una excusa que lo había tentado el Demonio. ¿Dónde estaba el Angel de la Guarda? Cota exigió la pena de muerte. Ortega pidió clemencia ante el arrepentimiento de su defendido. En Julio de 1800 el caso fue enviado al Virrey. La sentencia, compuesta por el auditor de guerra, exigía que Rosas fuera ahorcado y su cuerpo quemado junto con el de la mula en quien cometió tan terrible delito. Goycoechea pidió al gobernador que se aplazara la orden del Virrey pues tenía poca gente debido a las enfermedades, pero el coronel contestó negativamente.

El 11 de Febrero de 1801, ante la guarnición formada de Santa Barbara y a tambor batiente se llevó a cabo la ejecución. El padre Tapia administró los últimos sacramentos de la religión y recitó el oficio fúnebre con voz firme a la que contestó con igual entereza el condenado. Como no había verdugo, Rosas fue fusilado. El resto de la sentencia se cumplió en una gran hoguera. Nadie quiso dejar quemarse el cuerpo de un cristiano y sólo fue pasado por las llamas. El cadáver chamuscado del criminal fue sepultado, purificado por fuego, en el cementerio del presidio. La mula se quemó completa y el gobernador ordenó que a su dueño se le diera otra mula.

¡Ay que vida triste la de California! Lindo país, buena comida, pero pobreza extrema. Rara vez se pagaba a los soldados y cuando se hacía, había que devolver la mitad al habilitado, por adelantos, por ropas dadas por válido, por multas... No había mujeres y hasta las indias, esos seres miserables, sucios y desdentados, oponían resistencia a los soldados. ¿Y quién por necesitado que estuviera podía acercarse a una mujer así con fines verdaderamente amorosos?

La cría de caballos, entonces, no podía tomarse siempre como fuente de riqueza. Tampoco había oro en Navarra pero don Teodosio lo obtenía criando caballos.

EL PERDON

Si vas a criar caballos, cría los más valiosos-- fue una frase que le escuché a mi abuelo.

¡Cuánta razón tenía el abuelo!

Cuesta igual criar una bestia, es decir, vale lo mismo alimentar y cuidar un caballo de paso que uno de carrera o un percherón...

___Si, estoy de acuerdo contigo que los percherones son bonitos, que son caballos de clase, pero comen como elefantes.-- Había dicho el abuelo-- Un percherón te costará mucho más y lo venderás por mucho menos.

El abuelo sabía de caballos. Por generaciones que parecían infinitas, la familia había criado caballos. La tradición la había comenzado Don Teodosio. La historia de Don Teodosio era bien conocida, hasta la había contado Don Pío Baroja que por su madre era también Goñi. Verdad que no coincidían algunos detalles, pero la historia era la misma. La historia del abuelo era la siguiente:

Don Teodosio con su culpa a cuestas, se llevó sus caballos, esos mismos caballos tan apetecidos por moros y cristianos. Esos caballos en que caballeros navarros cabalgaron desde Pamplona hasta Castilla, anexaron el condado de Ribagorza y fue así como el reino de Navarra bajo el rey Sancho el Mayor, llegó a ser el reino cristiano más importante de España. La grandeza y poderío de Sancho descansaban en dos bases sólidas: su coherente población vascónica o vasconizada y los caballos de sus caballeros. Los caballos más famosos eran los de Goñi. Don Teodosio se los llevó todos: potros y yeguas madres. Don Teodosio había participado en una expedición a Lugo y luchado en uno de sus famoso caballos en el sitio y captura de Astorga y Zamora.

Ahora Don Teodosio cabalgaba con más de cien bestias en busca de un nuevo hogar y del perdón de Dios. Con él iban sólo cinco hijosdalgos. Muerto sus padres, muerto su rey, bajo el heredero que no le inspiraba confianza, Don Teodosio salió al campo con sus bestias y sus vascones. Verdad que varios caballeros le habían pedido a García, el nuevo rey, que no luchara contra su hermano, Fernando de Castilla, y al no obtener satisfacción, se habían pasado al campo del enemigo. Pero Don Teodosio no aceptó ni cambió de rey. Sencillamente se retiró a sus montañas navarras al norte de Pamplona.

Poco se sabe de Don Teodosio, pero según el abuelo por una parte y mi abuela Elena por otra, tuvo que escapar de la corte. Cometió un crimen terrible y nunca pudo explicarlo a su soberano ni a su Obispo. Según la leyenda, cuando Don Teodosio se encontraba en plena campaña cuando le llegaron rumores que su esposa le era infiel. ¿Sería posible que la mujer que había desposado cuando era solo una niña lo engañara? No podía creerlo, pero en la primera ocasión, el sitio de la ciudad parecía que tardaría muchos meses, decidió cabalgar hasta Pamplona, visitar a su esposa y sacarse de encima todas aquellas dudas y celos que ese rumor le despertaban.

Fue así como viajó galopando por las tierras de Aragón dirigiéndose siempre al norte, hacia Navarra. Apenas si se detenía para dormir algunas horas. Con ese ritmo antes de una semana ya se encontraba a una jornada de su ciudad natal. Decidió no detenerse. Cabalgó el día entero. Cambió caballos y ya noche cerrada entró a Pamplona. Era cerca de la medianoche. La puerta de su casa estaba cerrada y los criados dormían, pero el tenía su propia entrada que pocos en la familia conocían y por allí penetró. Encendió un candil y así, bajo la tiritante luz de la vela se acercó a su habitación. Y allí se encontró, ¡Oh horror y sorpresa! con dos cuerpos abrazados sobre las cobijas. Poseído de unos celos y una rabia incontrolable, agarró su espada y la descargó en formidable tajos sobre aquellos cuerpos hasta dejar nada más que despojos sangrientos. Entonces, cuando no quedó señal alguna de vida en esa cama, cuando la sangre empapó las sábanas y se derramó en el suelo, tomó el candil y se acercó para examinar quién era aquel que había mancillado su honor. La cabeza había sido cercenada del cuerpo, la tomó por lo cabellos, la levantó para examinarla a la tenue luz: ¡era su padre! En un momento de rabia había matado a su padre y a su madre. Así lo escribió Don Pío que era pariente lejano, pero pariente al fin. No nos dice porqué habían cambiado de cama pero como la esposa de Don Teodosio no vuelve a aparece en al historia, podemos presumir que había muerto durante su ausencia.

Creo que la culpa de mi insomnio la tiene Don Teodosio que tampoco podía conciliar el sueño. Por treinta años estuvo en vela esperando que Dios lo perdonara de su matricidio y parricidio. Mi madre decía que el abuelo también leía mucho todas las noches, que a veces se despertaba muy tarde y se iba a la sala con un libro y leía hasta el amanecer. ¿Y como lo sabía ella? Pues mi madre tampoco dormía. Era un mal hereditario entonces.

Como la familia en vez de dormir, piensa, todos los Goñi son de carácter impulsivo. No tienen tiempo para reflexionar. Ya lo han hecho bastante. No les gustan ni los retiros, ni las misas, ni los discursos. Al tratar de compensar su nocturna soledad con la conversación constante, la gente se aburre de ellos y trata de evitarlos. Son en realidad, gente solitaria y bien pudieron haber pasado esos sus novecientos años en la soledad. En todo caso, si el culpable fue Don Teodosio el libro con la historia de la familia debería llamarse "Nueve Siglos de Insomnio".

A pesar de que nadie veía a Don Teodosio, su labor de líder escondido, sus hábiles manejos,--¿ o serían de Don Anacleto?,-- habían llevado paz a la comarca. Hacia el norte, Artuta y Olloa protegidas por la Sierra de San Donato, se habían convertido en dos prósperas aldeas. Hacia el este, Uzarbe e Ilzurrún eran los límites de su influencia. Siguiendo su ejemplo, otro caballero navarro estableció su castillo en el cerro de Urdanoz. Aunque sólo lo conocían de nombre, todos respetan la voluntad del etai que silencioso y solitario pasaba los días y las noches haciendo penitencia. Pero el castillo no tenía capilla. Durante la construcción, una gruesa viga de roble había caído quebrando una de las aspas de la cruz y el brazo derecho de la imagen del Cristo. Don Teodosio interpretó así el mensaje del Señor: ese era el brazo que había matado a sus padres. Con ese golpe Dios le había dado a entender que no le permitiría capilla.

Después de matar a su padre y a su madre, Don Teodosio se convirtió en un hombre extraño. Rara vez cruzó una palabra con alguien que no fuera su fiel caballero Anacleto. Con él y otros cuatro caballeros salió un día de Pamplona llevándose los caballos y yeguas que había heredado de su padre. Es probable que no tuviera hermanos ni hermanas porque no figuran en la historia. Pero Don Teodosio y su tropilla no salieron hacia el sur sino hacia el norte. Tomó el camino de Alánbaden y luego torció hacia Munarriz. El no tenía interés ninguno en irse a tierras de moros y dejar de ser vascongado. Por varios días cabalgaron los seis caballeros entre las montañas navarras hasta que, llegando a lo más alto de un cerro, decidió Don Teodosio que ese sería su nuevo hogar. Interesante sería saber cuantas montañas en el mundo tienen un manantial de agua en la cumbre. Pues ésta lo tenía y allí, alrededor del manantial mandó Don Teodosio levantar sus tiendas. Fue eligiendo una por una las piedras, delineando el mismo sus murallas hasta construir un castillo. Era un castillo curioso. Se destacaba por altas torres de donde se podía aguaitar el horizonte hacia los cuatro puntos cardinales. Las habitaciones eran sobrias y oscuras. El patio, un enorme corral que algún día no podría encerrar a toda la caballada del noble navarro. Ya antes de terminar la construcción Don Teodosio se encerró en su torre a hacer penitencia.

La noche para Don Teodosio es negra y larga. Blanca y negra, negra y blanca. Su mundo de pesadilla no termina. El pasado rompe el sello del sueño y la imagen de sus padres asesinados aparecen y reaparecen. Es una imagen cruel e implacable.

La soledad de Don Teodosio era un misterio para todos. ¿Que hacía? ¿Con quién hablaba? Unos aseguraban haberlo visto en altas horas de la noche mirando la luna con los brazos apoyados en el alféizar de su ventanuca. Miraba la luna como una gran hostia. Es una hostia celestial, pensó. Pero casi inmediatamente una nube tapó la luna y sumió todo en la oscuridad. Dios le negaba hasta el símbolo que podía resultar en su perdón.

¿Como se las arreglaba Don Teodosio para mantener sus caballos? Muy fácil, o mejor dicho, muy fácil con el sistema que había ideado. Primero fue la construcción del castillo en lo más alto de la montaña. Esa vertiente de agua natural que habría desafiado la lógica de cualquier geólogo, manaba y sigue manando hoy, abundante agua. Las laderas del cerro, cubiertas de robles y espesos matorrales proveían protección a las yeguas y a los potrillos durante la parición. Tan abundante y tan cerrados eran los robledales que era posible para una yegua esconderse en ellos durante meses. En cuanto a su tropilla de potrones, Don Teodosio había ideado un sistema de forraje que servía varios fines. Cuando llegaba la hora de forrajear, un paje tocaba un cuerno desde la esquina de la más alta torre. Los animales al oír el cuerno emprendían veloz galope hacia el castillo donde les esperaba pienso y avena, paja y granos.

Pero la tropilla de Don Teodosio no se protegía solamente tras los muros del castillo. Se ha contado que en cierta ocasión, un juglar montado en apuesta jaca, se acercaba por el valle norte desde la aldea de Ollo, perfectamente visible desde el castillo. Por tratarse de un cabalgante aislado que no venía armado, no se dio la señal de alarma y la caballada continuó ramoneando apaciblemente. Pero se habían olvidado de las tropillas. A cada potro semental se le asignaban veinte o veinte y cinco yeguas durante los meses de verano. En un recodo del camino y frente a un bosquecillo de hayas apareció el Falucho. El Falucho era un potro colorado, enorme. Relinchó, se acercó corriendo al cabalgante y emprendió a mordiscos con la tusa de la yegüita. El cantor trató de alejarlo con golpes de su fusta pero ligó también algunos mordiscos. Sumisa la hembra e imposibilitada para ejecutar las ordenes de su jinete, procedió el Falucho a montarla, mientras el aterrado juglar dejaba atrás laúd, montura, alforjas y caballo para echarse a correr hacia la aldea más cercana. Era así. Los caballos mismos se defendían de los intrusos. Ni los caballeros de Fernando, ni los del bastardo Ramiro de Aragón, lograron jamás quitarle ni una burra. Talvez por esa misma razón, el caballo de Goñi era apetecido y renombrado en todas las Españas. Llegaron a comprar al castillo de Goñi emisarios moros, caballeros de Vermudo III y hasta de Cataluña vinieron compradores por parte del famoso Oliva, obispo de Vic.

Don Teodosio pudo exigir los precios que quiso por sus caballos. Tal era la carestía. Pero nadie veía a Don Teodosio. Vivía en una torre del castillo y se decía que no dormía. Toda la noche su habitación aparecía iluminada.

___ Está esperando que venga el diablo a llevárselo por el crimen que cometió--, decían algunos.

___ Está maldito, pasa las noches en vela. El judío errante no puede detenerse y tiene que caminar, Don Teodosio Goñi no puede dormir, tiene que estar siempre despierto.--Decían otros.

Hasta los mensajeros del rey tuvieron que hacer arreglos con Don Anacleto, el administrador de la caballada, cuando vinieron a comprar caballos para la campaña que García emprendía contra Vermudo de Galicia. Y un caballo de Goñi se cambiaba por veinte bueyes.

Don Teodosio no dormía. Don Teodosio leía cuando podía. Don Teodosio meditaba. Don Teodosio rezaba. Don Teodosio rezaba pidiendo el perdón de Dios por el crimen que había cometido.

No a todos se les concedió el perdón de Dios. Más que nada porque el que se dice perdonado por Dios, está en realidad perdonado condicionalmente por los humanos. El perdón de Dios tiene que venir directamente del Padre, o si se quiere del Hijo o del Espíritu Santo. El perdón que dan los frailes, a veces corruptos, es un perdón condicional. Ellos mismos lo dicen y así lo entendía Don Teodosio.

Los caballos de don Teodosio respondían a la señal del cuerno como responden hoy día los escolares al sonido de la campana. También responden así, a veces, las abejas cuando la nueva reina madre se aleja del nido. El colmenero sale con un triángulo y les toca un tanguito por si vuelven. Cada potro de Don Teodosio, como el colorado Falucho con crines negros como el carbón, o el alazán Fantoche, cubrían veinte o más yeguas. Pero los cinco caballeros de Don Teodosio eran castos. Si había alguna casado, había dejado a su mujer en Pamplona, pues en el castillo no había ninguna.

Se dice que en los muchos años, siglos de guerra en España entre cristianos y musulmanes, se creó una nueva clase social: el hidalgo. Fue el hidalgo el que combatió, a pié y a caballo, el que viajó a América y conquistó el Perú y México. Fueron hidalgos los que recorrieron un continente de un extremo a otro. Pero la guerra religiosa creó también otras cosas. Creó clases sociales. El hombre que empezó a combatir como infante y que se distinguió en la batalla, pronto ganó suficiente para comprar un caballo. Los caballos eran carísimos, valían lo que valen veinte loiles. Verdad que otros capturaron sus propios caballos. No tuvieron así necesidad de ganar dinero para comprar el equivalente de veinte bueyes. Pero una vez montado, el hombre se convierte en caballero. Los caballeros no hacen trabajos manuales, no señor. Un caballero no podría hoy día ser plomero, gasfíter o calderero. Los obreros no pueden ser caballeros. Tampoco podían ser caballeros los labradores. De allí entonces que la nobleza se dedicara a la crianza del ganado. Del norte de España, del país vasco, de ese lugar donde vivió Don Teodosio, venía la costumbre de criar borregas. Así fue como el hombre que no podía labrar la tierra bien podía pastorear el ganado, o por lo menos poseer ganado. Hay un paralelo entre la mesta castellana y el sistema borreguero de los estados del Oeste: nadie poseía la tierra. No se permitían las vallas o las cercas. Había que dejar paso libre a los grandes rebaños de ovejas merino que buscaban su sustento por los campos de la gran meseta castellana. Sus enemigos no eran los moros, sino los labriegos cuyos cultivos quedaban destruidos y aplastados bajo las pezuñas de miles de borregas que cruzaban sus campos de labranza. Las odiaban. En Nevada, Idaho y California ya no había moros, pero los ocelotes, pumas, coyotes y hasta los osos se comían las ovejas.

Los caballeros castellanos, leoneses y los asturianos y navarros, no podían labrar la tierra. No era oficio de caballeros. Tampoco podían dedicarse al comercio. Fue así como en el norte de España el hombre se dedicó al pastoreo. Crecieron ovejas de fina raza como los merinos y cabras enormes que dieron leche, carne y cueros con los cuales comercializaban los no caballeros. Pero Don Teodosio descubrió que faltaban caballos. La crianza caballar estaba completamente desorganizada. Un caballo corriente valía 500 meticales, cuando diez bueyes valían 200 meticales. Era posible entonces intercambiar un rebaño de 25 vacunos por un caballo. Los caballos de Don Teodosio eran animales gruesos y corredores. Eran los caballos del diestro, aquella bestia que montaba el caballero antes de entrar en combate. Pero el castillo de Goñi proveía también de palafrenes, caballos más livianos, más suaves y ligeros en los cuales viajaban los caballeros. También vendían acémilas, esto es, mulos y burros donde se cargaba el equipaje y las armaduras del caballero. Las laderas de esa montaña se prestaban admirablemente para la cría de caballos. Cuando en un torneo se destacaba un caballero que por su brioso y fuerte corcel, hacía exclamar a las damas:

____¡Qué bien montado!

No faltaba el navarro que dijera con orgullo:

____¡Es de Goñi!

Siglos después, en lo más recóndito de la montaña sudamericana, allá por donde nacen los afluentes del Bío-bío un descendiente suyo, sin acordarse siquiera de Don Teodosio, criaría caballos que dieron origen a iguales comentarios.

Insomnio. Ha sido un mal día. Malos presagios. Se han cruzado palabras hóstiles. Se ha precipitado la noche después de una tarde presionada. No hay conjuro para el sueño. Trató de desaparecer, de no ser ya de este mundo. Se ve cercado de colinas desnudas y pájaros inmóviles. Hay una larga escalera de piedra que recorre interminablemente. Pero es inútil. Su alma se agita con la noche y siente un deseo irreprimible de recuperar el sol. Quisiera caer en lo oscuro sin nombre sin pensamientos y sin palabras. No quiere ver luces ni campanas. Negro sólo, sólo negro. La muerte debe ser sencilla siempre que borre el universo todo. A lo mejor cae como la lluvia cuando llueve en el silencio.

Don Teodosio sufría de insomnio. Pero el tenía esa imagen terrible. Era una imagen eterna que se tornaba lacerante al caer la tristeza de la tarde. El horizonte no dejaba jamás de contenerla, ni el agua de reflejarla. Si Don Teodosio hubiera ido hasta el mar en Donostierra, también vería allá esa imagen terrible. Era como un látigo siempre alzado sobre la árida llanura del estío. Era un látigo que caía constantemente en la eterna llanura seca de su alma. Era una imagen eterna como los árboles del cerro y el viento que los mecía. Don Teodosio creía que esa imagen se mantendría mucho después de que se borrara su nombre, hasta que se apagara su raza y se separara la tierra. Talvez si abriera los ojos bajo otro firmamento... Pero la generosidad de Dios es infinita. No, después de la visita del ángel, Don Teodosio quedaría convencido que Dios no era infinitamente generoso: Dios es generosidad.

Mi madre mencionó una vez una higuera ensangrentaba y fatal con una historia de crimen... Pero nunca supe de que se trataba. ¿Mataría Don Teodosio a sus padres cerca de una higuera? Seguramente no fue por cuestión de caballos, zamariak. Los caballos o los caballudos fueron el final de Joaquín Murrieta y del pobre soldado Rosas pero no de Don Teodosio.

Para ver el mar Don Teodosio habría tenido que viajar hasta lo que es hoy Francia. Contrariamente a mis otros antepasados vascos, a esos que venían directamente de Bilbao, Don Teodosio probablemente no conoció jamás el mar.

En la vida del hombre y no se de las mujeres pues nunca lo he experimentado, es necesario satisfacer tres necesidades mínimas: la actividad física y el descanso del cuerpo, la alimentación y la actividad sexual. También es cierto que cuando uno de estos tres elementos se practica con exageración, los otros dos suelen olvidarse. Pero quien inventó esta máxima se equivocaba. Don Teodosio las sobrepasaba todas debido a su obsesión mental: la culpa y expiación de su horrendo crimen.

Don Teodosio hablaba siempre con Anacleto de sus zamariak. Don Leoncio discutía sus caballos y sus astos con Don Segundo. Las conversaciones eran parecidas: cuando deberían separarse los potrillos de las yeguas madres. Con que potros irán tales yeguas. Don Anacleto y Don Segundo, eran los uks de sus señores. Para ellos también, los amos eran como sus padres, atu...

Don Teodosio se encontraba esa noche rezando como de costumbre junto a su ventana. Quienes veían su cabeza inclinada y sus dos brazos descansando en el alfeizar sobre el antepecho creían que estaba de pié mirando hacia el monte Urdanoz en el invierno y hacia la Sierra de San Donato en el verano. Pero no era así. La habitación de Don Teodosio tenía ventanas muy bajas y el derrame de piedra estaba tan cerca del suelo que Don Teodosio se hincaba a rezar mientras pedía perdón y admiraba las campiñas que le había dado el Señor. Era una noche de primavera. Clara y con mucha luz de estrellas pero sin luna. Don Teodosio trataba de identificar en la lejanía a sus potros con sus harenes de yeguas. De pronto sintió un calor a su espalda y la ventana se iluminó como si alguien hubiera encendido un enorme cirio dentro del cuarto de piedra. Don Teodosio tornó la cabeza y vio la visión más extraordinaria que veía en su vida. La luz provenía de una espada candente que un ser enorme con figura humana llevaba en la mano. Su traje era rojo brillante y caía en borlas hacia el suelo. Sobre sus hombros llevaba un sobrepelliz o manto de oro. Su cabeza brillaba como el sol y tal era el resplandor al mirarla que no podría decir si llevaba sombrero, toca, capa o gorra. La espada estaba fulgente y dejaba caer goterones ardientes en el piso de piedra.

_____ ¡Señor mío y Dios mío!--, exclamó don Teodosio, volviendo todo el cuerpo y postrándose ante esa imágen en el suelo cubriéndose la cara con la palma de las manos.

_____ ¡Levantate Teodosio!--dijo el aparecido--. Yo no soy Dios y no debes postrarte ante mí. Soy el Arcángel San Miguel y te traigo el perdón del Señor.

En seguida levantó su espada y la dejó caer sobre el hombro de Teodosio.

Don Teodosio no recuerda muy bien lo sucedido después. La figura se desvaneció y lo último en desaparecer fue el resplandor de la espada cuya imagen quedó como espejismo por varios minutos después de la seráfica visión.

Don Teodosio estaba perdonado. A pesar de que ya era tarde y todos sus caballeros y criados se habían retirado a descansar, salió corriendo escaleras abajo gritando:

_____ ¡Estoy perdonado! ¡Soy un hombre libre otra vez!¡El arcángel San Miguel me ha traído el perdón de Dios!

Anacleto fue el primer en recibirlo con un fraternal abrazo y un beso en cada mejilla. Luego sus caballeros, sus palafreneros, pajes y sirvientes, todos tuvieron la oportunidad de abrazar al etai deseándole enhorabuna. Muchos lo veían por primera vez.

Por primera vez hizo tocar el cuerno durante la noche y los animales que pastaban en el cerro se acercaron galopando a unirse a la celebración y al ambiente de júbilo glorioso que existía en el castillo.

El final de la historia de Don Teodosio es simple. Montando sus mejores bestias, el noble navarro y sus caballeros bajaron hasta Pamplona. Entraron por el mismo camino de Alambaden por el que habían salido treinta años antes. Haciendo sonar sus poderosos cascos el palafrén de Don Teodosio cubierto por una rica barda que llevaba ya guardada también 30 años, encabezaba la comitiva hacia la ciudadela. A su paso por Irache, ya se había dado la voz de que un caballero poderoso entraba en la ciudad y en Velta lo esperaba una verdadera multitud de curiosos: niños, mujeres, viejos y jóvenes que admiraban sus armas sus sillas morcereles y sus cabalgaduras. Pasando por la plaza del Castillo llegaron hasta la catedral. Salió a recibirlos el obispo quien le dio la bendición. Allí el ex-penitente ofreció ricas limosnas para que se dijeran cien misas de acción de gracias.

Don Teodosio tenía cincuenta y tres años el día de su perdón. Como pasó treinta años en penitencia, podemos deducir que cometió el crimen, que ya no parecía tan horrendo, a los veinte y tres años. Se volvió a casar. Tuvo un primogénito que llamó Anacleto y el resto de su historia nos es desconocida. En honor del príncipe de las milicias celestiales, aquel que le trajera el perdón, el pueblo que creció junto al castillo se llama San Miguel de Goñi.

LA ORACIÓN

La novia de Faxon era una mujer extremadamente sensible. Cuando iba a zarpar la escuadra había ido en el Packard de su padre hasta el puerto. Ricardo, el viejo chofer, la había paseado por las calles frente al Apostadero. Aquello parecía un carnaval de gorras blancas que sonreían en la tarde. A lo lejos, cuando el sol rielaba ya sobre las verdes olas, las grises moles de acero ancladas en la bahía echaban breves plumillas de humos y dejaban escapar de vez en cuando, blancas fumarolas de blanco vapor. Sus corazones parecían palpitar en la distancia. Al caer la noche, se encendieron las luces de los cerros y de los buques. Se intensificaron los ruidos de a bordo. Su novio se despidió cortésmente de ella. Frente a sus compañeros y al chofer, que era como de la familia, no podían despedirse con un beso como hubieran deseado.

___ ¡Galeras!

___ ¡Estribor!... ¡babor!...

El bote se alejaba del molo impulsado por las fuertes paladas de los marineros. Su novio había tomado la caña y lo dirigía en experta conducción hacia el crucero. Ella agitó su pañuelo. Cuando Faxon llegó a bordo, el pañuelo no se veía pero las luces de los cerros tomaron su lugar. Eran miles de pañuelos luminosos que con el movimiento del buque se agitaban en el aire.

Zarparon todos los buques y al perderse mar adentro, la pena de la partida se derramó en el silencio. La joven de ojos claros y rubia cabellera, quedó más triste que nunca en esa noche clara de verano. Así describiría ella años más tarde, esa despedida.

La escuadra zarpaba al norte.

Esos puertos del norte siempre en huelga. Huelga de portuarios. Huelga del salitre. Huelga de los transportistas. Huelga de los lancheros. Huelga de los suplementeros. Huelga de las putas...

___ ¿De las putas? No, ésas no. Los bomberos y las putas no conocen las huelgas.

Este diálogo podía surgir en cualquier punto del país:

___Ya le he dicho compañero, las huelgas son causa única y exclusivamente de los agitadores profesionales. Sáqueme los agitadores y se termina la huelga.

___Van a nombrar un jefe de plaza. Será un milico.¿Qué puede hacer? La huelga se va a solucionar sólo cuando se reconozcan los legítimos derechos de los trabajadores.

___ O se eliminen los dirigentes y agitadores.

Abordo del crucero *General Carrera*, el gama se paseaba en el puente de mando durante su guardia diurna. Los cerros color chocolate de la costa servían de respaldo al caserío miserable de casas grises y terrosas que constituían el puerto que debía vigilarse pues había huelga de salitreros.

Los guardiamarinas no tienen nombre. Son simplemente gamas. Después de cinco años de escuela y un año de instrucción en el buque escuela pasan a ser el ser más bajo de la tripulación: por lo menos los grumetes tienen nombre. Pero los gamas pueden hacer preguntas:

___¿Porqué zarpamos al anochecer? mi teniente.

___ Ya sabe michimán--, le había contestado el teniente Faxon--. Puede venir un maremoto y dejarnos en seco como al vapor ese: el vapor norteamericano que no tenía ni cabeza ni cola.

El teniente primero Mario Faxon Goñi, oficial artillero y al mismo tiempo, instructor de guardiamarinas, se aprestaba para bajar a la cámara. Tenía que comer para luego descansar un rato. No terminaría esa noche la carta que ya había empezado. Sabía que no podía dormir antes de entrar a la guardia. Lo había intentado varias veces y si había logrado conciliar el sueño había resultado peor. Una modorra lo había invadido a la hora de entrar en servicio y le había costado mucho, mucho, mantenerse despierto. Cuando tenía la guardia del cuartillo o de medio cuartillo no era problema. Pero la guardia de media, esas feroces cuatro horas desde la media noche hasta el amanecer, eran terribles. Desde que el vapor *Wateree* encalló en Arica después de un maremoto, todos los buques debían salir a alta mar durante la noche para prevenirse de desastres como ése. No sólo el *Wateree* había quedado en seco, la corbeta peruana *América* había también pasado a ser casco en tierra.

Ese mismo día, el "mestre cuque" informó al oficial de guardia que un ratón se había caído en la sopa hirviendo. Dijo que entre botar la sopa o sacar el ratón, optó por la segundo. Eramos marina pobre.

___Sí, pero también has puesto en peligro la salud de la tripulación: Una semana de arresto-- sentenció el comandante.

¡Pobre hombre! Es evangélico, los evangélicos no mienten y tuvo que decir la verdad. Bueno, claro que lo del arresto era relativo: sólo se bajaba a tierra en comisiones de servicios y el "cuque" no tenía para cuando...

La huelga del seco puerto nortino se prolongaba. La primera semana pasó sin que nadie se preocupara. La segunda obligó la suspensión de los embarques de salitre. La cosa se empezaba a poner seria. El gobierno trató de intervenir. Cuando la violencia de los huelguistas amenazó las vidas de los administradores, de la policía local y hasta los de pacíficos ciudadanos, el gobierno intervino.

____¿Dónde está la escuadra?--, preguntó el Presidente.

____ No lo se--, contestó el Ministro de Guerra y Marina.

____ Pues vea si es posible mandar un par de buques al norte. He conversado con el Ministro del Interior y no nos va a quedar alternativa que declarar estado de sitio, nombrar un jefe de plaza y reforzar la guarnición.

El resultado de esta conversación fue que el teniente Faxon tuvo que embarcarse en su crucero y zarpar al Norte precisamente cuando estaba en vísperas de declarar su amor a la mujer más bella de la ciudad. Dicen también que era posiblemente la joven más rica de la zona. Su padre, Don Leoncio Urrioz, antiguo marino, había hecho una fortuna criando caballos y era ahora diputado.

Llamaron a repetido. Se había puesto el sol y había comido la gente. Siguiendo la antigua tradición establecida cuando al *Wateree* buque de doble proa, se lo llevó un maremoto, el crucero se aprontaba a salir al mar. Su oficial de navegación calculaba cuidadosamente las horas de oscuridad de cada noche y una hora después de ponerse el sol, el buque se hacía a la mar con rumbo W. Alcanzado cierto punto en medio del océano, al que, teóricamente, se llegaba a la medianoche astronómica, el buque daba la vuelta en redondo y tomaba rumbo E. para llegar al puerto una hora antes del amanecer. Era un buen ejercicio. Se mantenía a la gente alerta. Se prevenía contra los maremotos. Estos maremotos iban a venir en la noche.

En los cruceros y acorazados hay muchos gamas. En algunos buques hasta tienen cámara propia. En la costa del Pacífico los llaman michimanes o gamas, pero el título oficial es guardiamarina. Tienen apenas un galoncito muy delgado. En los escampavías los gamas, uno o dos de ellos, tienen obligaciones serias: toman guardias de mar, supervisan maniobras y en más de una ocasión, han llegado a puerto al mando de su buque con comandante enfermo o incapacitado. En los buques grandes como los cruceros, son los "gomas", los que hacen todas las tareas menores.

_____¿Porqué tenemos que hacernos a la mar todas las noches? --preguntó otra vez el gama, pero esta vez al otro oficial de guardia.

_____ Por lo que le pasó al *Wateree* en Arica. No sea cosa que nos vaya a venir un maremoto y se lleve el crucero con toda la tripulación hasta el Alto del Hospicio, pasándonos hasta Pisagua por encima.

Faxon mientras tanto, escribía lentamente. Pensaba cada palabra y pensaba como la leería su novia. Su novia estaba en esa ciudad lejana, lluviosa, de mojadas y limpias calles, rodeada de bosques de coníferas y siempre con un olor a pino, a mar, a sal, a Concepción.

"Te escribo en la tarde y lejos del puerto...". No era exactamente verdad pues el puerto estaba todavía a la vista y no se zarpaba hasta después de comer. En ese momento sonó la campana. Era la hora de la comida. "El bronce sonoro, esclavo del tiempo..." llamaba a la comida del equipaje. Era ya hora de bajar también a la cámara. ¿Porqué se decía bajar cuando el tenía en realidad que subir? Pensó en su amada. No tenía hambre. Por el ojo de buey se veía un sol rojizo que se acercaba al horizonte reflejando sus rayos en las olas. Parecía levantar montañas de fuego. Para otro poeta y a otra hora y en otro mar y en otro siglo, había levantado montañas de plata y azul. Faxon guardó sus papeles y su inconclusa carta en la gaveta del escritorio de palo de rosa. Dio dos vueltas con la dorada llavecita y se levantó para bajar, o como el pensaba, subir a la cámara.

Terminada la frugal cena de la tarde, estaban todavía en la cámara cuando un grumete golpeó tímidamente el mamparo. Vestía tenida de salida: blusa azul de sarga, gorra redonda con el nombre del crucero en la cinta negra. Por lo único que se sabía que estaba abordo era porque calzaba zapatillas de lona blanca. Habló con voz varonil, joven, pero con cualidad de mando:

___Al teniente Faxon lo necesita el comandante en su camarote.

___Gracias mensajero--, contestó el interpelado mientras doblaba cuidadosamente su servilleta.

La servilleta blanca que debería usar hasta el jueves próximo, día de cambio de servilletas. La puso en su anillo de plaqué. La depositó cuidadosamente encima de la mesa y disculpándose salió hacia el camarote del comandante.

Después de hablar con su capitán, el teniente Faxon tenía carne de gallina. Fue entonces y no en el momento de su muerte, en que toda su vida desfiló delante de sus ojos.

___Ya llamaron a repetido, Mario-- le indicó otro oficial que pasaba camino a su puesto.

___ Gracias--, contestó Faxon desganadamente y apresuró sus pasos hacia el castillo del crucero pues su posición era la de vigilar la leva de anclas. La conversación con el comandante no podía apartarse de su mente:

___Mire Faxon-- le había dicho el comandante-- usted es persona de entera confianza y tengo fe en que llegará muy lejos en la Armada. Por sobre todo es un hombre que sabe tomar decisiones rápidas, que se mantiene en sus principios y que cumple con todo lo que se le pide. Usted sabe que esta huelga que tiene paralizado al país no es culpa de los obreros. Es culpa de carajos como esos que tenemos abordo arrestados en la toldilla. Yo creo que hay que dar un ejemplo y liquidarlos. Eliminados los dirigentes-agitadores se acaba la huelga. Escuche bien lo que le digo. He hecho cambiar las guardias de manera que el sub-oficial Ramírez, hombre de entera confianza, esté con usted esta noche. Espera hasta que el crucero llegue al punto X y vire en redondo para volver a puerto. Ese será el momento en que deberá usted entrar a actuar. Vamos a fondear a todos estos conchas de su madre.

Faxon permanecía impasible ante su comandante a quien quería y respetaba, pero esta vez su líder, su guía, su faro en la oscuridad de la incomprensión, estaba equivocado y lo iba a arrastrar a el en un delito, en un crimen horrible.

¿Que hacía esa gente abordo? Eran los líderes de los sindicatos. Los huelguistas, los agitadores profesionales que habían desatado la huelga. La mayoría eran comunistas, o anarquistas, o por lo menos socialistas. El jefe de plaza no los quería en el puerto. Los envió al crucero para incomunicarlos definitivamente de sus bases obreras. Y allí deberían estar, aburridos, descontentos, malhumorados, pero por lo menos bien alimentados, con baños de agua caliente y coyes para dormir y tratados con cortesía y con cierta simpatía por los marineros.

Faxon se sentó nuevamente ante el escritorio de palo de rosa. Ya no era aquel muchacho optimista y confiado que alegremente escribía cartas poéticas a su novia. Era un hombre profundamente preocupado. Ya no podría dormir por muchas noches, talvez el resto de su vida, como su antepasado don Teodosio cuya historia había oído muchas veces de boca de su madre. Y él tenía que cumplir órdenes. El comandante había sido todavía más explícito:

_____Haga aclarar el castillo. Deje el puente a cargo del guardiamarina de guardia después de hacer apagar todas las luces. Usted se sitúa en el castillo mirando a popa. Luego da orden a los guardianes que envíen a uno de los prisioneros a proa con el sargento Ramírez. Mientras usted le hace algunas preguntas, Ramírez que estará armado con un fusil, le da un culatazo fuerte por la espalda. Luego lo tiran por encima de la borda, alternando uno por estribor y otro por babor. Es posible que las tres hélices del crucero, a la velocidad que llevaremos, despedacen a muchos. En todo caso, a estos carajos no los van a encontrar nunca.¿Alguna pregunta?

_____ Sí, mi comandante, ¿ha sido informado el sub-oficial Ramírez?

_____ No, infórmele usted. Es parte de su comisión.

_____ Permiso para retirarme.

_____ Retírese teniente y buena suerte.

"Te escribo en la tarde y lejos del puerto. El sol que se hunde en mar inmenso agita en las aguas montañas de fuego y el bronce sonoro, esclavo del tiempo, nos marca la hora del diario alimento."

Frente al escritorio de palo de rosa un hombre no escribía. Meditaba, pensaba, sufría y casi lloraba. Verdad que esta gente eran unos carajos, pero ¿era eso justicia? Podría justificarse diciendo que cumplía ordenes, pero una acción criminal es de por si criminal.¿Y si él era sólo el verdugo inocente que debía ajusticiar a esos criminales ya condenados? Después de todo, el comandante del buque podía erigirse en fiscal, juez y defensor a la misma vez. Ya lo había hecho cuando el mestre cuque sacó al ratón de la olla. Y a ése lo castigaron no por mentiroso sino por decir la verdad. En todo caso abordo no había verdugo, le había tocado a él, por ser el más fiel, el de más confianza, el hombre en que tenía fe su comandante.

___ Mario, no se te olvide de relevar la guardia a tiempo. Te antecede el Okapi González y se pone furioso cuando llegan tarde--. Estas palabras de su compañero lo habían vuelto a la realidad.

"El oficial de todo buque se sujeta ciegamente a la providencia del comandante en cualquiera duda que pueda suscitar sobre el servicio" (3ro. III., 46, Ordenanzas de la Armada). ¿Y que sucede cuando la disputa es con el comandante? Pues se cumple la orden primero y luego queda el recurso del comandante de la escuadra o del departamento a su regreso, si se sintiera agraviado. Pero da el caso que aquí no puedo cumplirse la orden porque su resultado es irreversible. Desde la resurrección de Cristo no ha sido posible resucitar a nadie. Y quejarse del agravio sería acusarse a si mismo y a su comandante de asesinato...

"Angel de mi guarda, dulce compañía..."

¿Qué es el honor?

El honor es el sentimiento que nos lleva a cumplir las acciones que nos enaltecen y a evitar aquellas que nos denigren. ¿Nos enaltece cumplir una orden que nos denigra? Esa era el dilema de Faxon. O cumplía o no cumplía. Esa noche fue para Faxon la peor de su vida. No podría decirse que sintió dolor, pero sufrió. Sufrió de pena. Esa noche en su desesperación, encontró a Dios. Faxon rezó por primera vez desde que hizo su primera comunión. En realidad, su comandante fue el instrumento del que Dios usó para darle entender que no había perdido su fe.

La disciplina consiste en obedecer a los superiores en todo lo que ellos ordenen en bien del servicio; en el cumplimiento de los reglamentos navales y en la observación de las leyes del país.

Faxon no recuerda la maniobra de levar anclas. Allá estuvo, según parece pues como oficial encargado de la maniobra, el ancla no se habría virado sin estar el presente. No era él. Era un zombie. El destino le había dado un mazazo en la cabeza. Un mazazo que lo había dejado aturdido, sin poder pensar, ni llorar. Tenía que haber una solución. ¿No sería todo una pesadilla? ¿O una broma? Pero, no. Una broma no, el comandante no hacía bromas.

Terminada la maniobra, de eso sí que se acordaba perfectamente, caminó sin quererlo hacia la popa. El crucero comenzaba a deslizarse sobre las aguas tranquilas de la rada. Le pareció que caminaba con la misma velocidad con la que el buque avanzaba. Es decir estaba en suspenso, en el mismo lugar del espacio. Hasta que llegó a la toldilla. Allí estaban. Era un grupo de hombres del pueblo. No tenían indumentaria de minero, pero sí de hombres de trabajo. Chaquetas raídas con los codos gastados. Unos con gorras, otros con sombreros de ala corta, pero todos con la cabeza cubierta. Los pantalones parecían comunes a todos: diablo fuerte de diferentes colores desteñidos. Le parecieron todos opacos. Las barbas un poco crecidas: ya llevaban varios días abordo. Pero lo que más le llamó la atención fueron los zapatos. Calamorros duros, de cuero crudo. Zapatos fuertes probablemente sin forro interior, con lenguas largas y cordones gruesos y apretados. Allí estaba el minero, el pampino, el calichero, el lanchero y el changador. Esa gente no podía trabajar sin esos zapatos. Pensó un segundo,¿flotarían en el mar? No. No. No. El horrible pensamiento de tener que fondear a esa gente no era admisible en su mente. Si ya tenía problemas de insomnio, la sola idea de tener que hacer de verdugo de esos hombres le presagia años de insomnio. Un insomnio que terminaría con el sueño de la muerte.

Y el comandante había comenzado apelando a su patriotismo y cumplimiento del deber:

___ Mire teniente Faxon, aquí hay que ser patriota y poner fin a esta huelga que tiene paralizado el país. Hay que terminar con los dirigentes laborales y se acaba la huelga. La mayoría son anarquistas, o comunistas. Tal vez las dos cosas. Lo he llamado para darle una comisión muy importante.

Vuelto al camarote, Faxon no se tiró sobre la cama, Se sentó esta vez en la sillita frente al escritorio de palo de rosa. Tenía que haber una solución. Ese crimen no podía cometerse. El no podía impedirlo. Si se negaba a hacerlo se convertía automáticamente en un rebelde. Desobedecer una orden directa del comandante era algo que no se conocía en la Armada. ¿Podría negarse a hacerlo por encontrar la orden ilegal, injusta e inhumana? Quizás. Tal vez los jueces de la Corte Marcial le encontrarían la razón pero perdería toda la confianza ya no sólo de ese comandante, su comandante, sino de cualquier comandante con que se embarcara. Tendría que renunciar de la Armada aún si el fallo de la justicia lo favoreciera.

La entrevista en el camarote del comandante echaba por tierra todos sus planes para el futuro. Su rubia novia de Concepción... desaparecía también junto con sus galones. Su prestigio... perdido con su carrera. Cualquiera actitud, cualquiera decisión que el tomara no le era favorable. Podía renunciar de la Armada ahora mismo. Allí estaba el papel y la tinta bajo la cubierta del escritorio de palo de rosa. Hasta había sobres de manera que el comandante podría recibir a través del mensajero su misiva. No. Eso nunca, tendría que enfrentarlo y entregarle su renuncia personalmente. ¿Había solución?

Faxon recordaba las lecciones de religión de los jesuítas. Era simple. La gracia era el resultado de la oración y de la penitencia. ¿Podría el orar ahora y comprometerse a hacer la penitencia más tarde? Su abuela y su madre le habían contado muchas veces de situaciones difíciles por las que habían pasado y que gracias a la oración habían zanjado. Verdad que el no había sido muy religioso. La única vez que había comulgado fue el día de su primera comunión. Sus padres no se habían preocupado mucho. En la Escuela Naval, iba a misa, a veces. Pensaba casarse en la iglesia, era la única manera y para cumplir con los requisitos de la Iglesia, pensaba hablar con el capellán Riquelme del buque insignia. ¡Era tan buena persona el capello! Los marineros decían que no había necesidad de contarle los pecados siquiera.

Se arrodilló entonces junto a la cama de madera. Cama baja en que se levantaban los bordes de caoba hacia los dos mamparos del camarote. Y rezó. Rezó con sinceridad, con profundidad, con verdadera fe de que Dios le contestaría:

Padre nuestro--¿podía haber empezado de otra manera?-- que estás en los cielos. Santificado sea el tu nombre. Ayúdame señor. Ayúdame señor a salvar la vida de estos hombres que van a ser víctimas de un crimen horrendo. Aparta señor de mi este cáliz, no tanto porque no pueda yo soportar el sufrimiento, si no por el hecho monstruoso que voy a cometer. Y ... -- No supo como continuar ni como terminar. La oración continuaría mentalmente hasta que el problema se resolviera de una manera u otra.

Con la conclusión de su oración, Faxon terminaba el primer acto y empezaba el segundo. Su preocupación, la responsabilidad que le caía en el crimen que iba a cometerse, o la desobediencia que lo llevaría a la ruina, era suficiente para olvidarse ya de todo lo sucedido.

¿Que es el honor? Otra vez leyó la definición del "Manual del Marinero".

¿Y la disciplina? El Manual no ofrecía alternativa. Había que cumplir la orden.

Había aquí una contradicción entre la disciplina y el honor. Cumplir la orden era lo honorable, pero la orden era denigrante. Cumpliera o no cumpliera, iba a cometer una falta. Era ahora cuestión de equilibrar las consecuencias y determinar cual sería la que causaría menores daños.

Toda su vida paseó frente a sus ojos en pocos minutos. Su niñez, los meses pasados en casa de su abuela en espera del padre, marino también que se encontraba en comisión al sur.¡Y si apareciere de pronto San Miguel Arcángel y lo perdonase! o por lo menos lo ayudase. Desestimó la idea. Esos eran otros tiempos. Los milagros ya no se daban. Sin embargo, Dios era una esperanza.

Faxon recibió la Gracia de Dios, en su caso particular, la Fe. Otros han recibido esa Gracia de un modo misterioso que sienten pero no comprenden. Este don es una llamada a la perfección, que nunca lograremos, pero es una llamada a mi futuro, el cual da sentido al pasado y hace de la vida un conjunto. ¿Estaba Faxon en condiciones para comprender el sentido de su vida?

El teniente primero Mario Faxon Goñi había tenido hasta este día una brillante carrera en la Armada. En los últimos años de la década de los veinte, Faxon fue enviado al país vecino. Llevaba una comisión dificilísima; espiar en las maniobras combinadas del Ejército y la Armada. Las maniobras eran importantes por varias razones: había motivos para sospechar una guerra ya que el país vecino se negaba a aceptar el plebiscito sobre la zona afectada. Luego se efectuaban estas maniobras como respuesta a las maniobras de su propio país que había realizado en el territorio en disputa. Por último, se iban a incorporar dos submarinos recién adquiridos en Europa y una fuerza aérea. Todos estos elementos combinados iban a entrar en "guerra" por unos quince días con un costo enorme para el presupuesto defensivo del país vecino. Había que averiguar cuales eran sus resultados.

Faxon recibió dos instrucciones: Una, averigüe lo más que pueda de las maniobras y de sus resultados. Dos, no se deje sorprender o descubrir por que lo van a fusilar. Faxon reaccionó con un encogimiento de hombres. Su bigote colorín, sus pecas, su facilidad en adquirir un ligero acento inglés, bastarían para convencer al más astuto de los enemigos que era ciudadano inglés o por lo menos, norteamericano. Premunido de la documentación apropiada y fingiendo ser turista y enfermo del reuma que necesitaba las aguas termales, llegó a la zona de las maniobras meses antes, incluso semanas antes que el gobierno del país vecino informara a sus propios coroneles de la existencia de las tales maniobras. En el casino de las termas se juntaban los oficiales. Faxon trabó amistad con los observadores extranjeros. El inglés le preguntó si era neozelandés o australiano el primer día que conversó con él. Adoptó inmediatamente ese lugar de origen. Trataba de recordar el libro de geografía de tapas rojas donde había aprendido algo de Nueva Zelandia. El norteamericano, que más tarde comandaría una escuadra de portaviones contra los japoneses, lo aceptó también. Juntos bebían cada noche gin o whisky o lo que hubiera. Los dos gringos traían informaciones frescas en cada día de maniobra. Faxon no escribía nada. Todo lo grababa en su extraordinaria memoria. Terminadas las maniobras, Faxon decidió quedarse algunos días extras para no despertar sospechas. Grande fue su sorpresa cuando un grupo del Estado Mayor del país vecino se refugió en el mismo hotel de las termas a elaborar un informe de la gran prueba. Pero Faxon prefirió ignorar todo aquello. Hizo lo posible por no oir nada, por no observar nada, por aparentar total desconocimiento y falta de interés.

Días después, Faxon y varios pasajeros tomaban el vapor de la Mala que los conduciría al Sur, al centro de la civilización, a la capital del país vecino. Y quiso la buena suerte que al distribuirse los camarotes, Faxon quedó de compañero de un coronel del ejército rival. Era un hombre gordo y grande, calvo y metódico. Al segundo día de viaje Faxon se dio cuenta que su compañero de camarote llevaba consigo una valija con documentos. La guardaba celosamente aunque a ratos la sacaba al salón y allí leía, estudiaba y anotaba en los papeles. Pero nunca la abrió en el camarote.

Al tercer día el vapor ancló en un miserable puerto nortino. Estarían allí algunas horas. Ya casi al anochecer un segundo buque ancló en el surgidero. Se trataba del *Río Nati,* vapor de la compañía de vapores de su país. Faxon cambió sus planes. Aquí estaba la gran oportunidad. Cuando el coronel fue al "jardín" para lavarse las manos o para hacer su impostergable necesidad, Faxon tomó la valija y salió a cubierta. Estaba ya dispuesto a todo. Bajó la escala real y subió a uno de los botes que se mantenían atracados en espera de pasajeros. Enfrentando al sorprendido botero le dijo:

____ Diez libras esterlinas si me llevas inmediatamente al *Rio Nati*.

El boga se esforzó. Diez libras esterlinas no se daban en un día, ni en un mes. A los pocos minutos, Faxon subía por la escalera del *Rio Nati* y solicitaba una audiencia con el comandante del mercante:

____ Soy oficial de la Armada en misión reservada--le dijo, después de asegurarse que nadie los escuchaba--. Necesito que me oculte en su buque y me lleve a la comandancia del departamento.

Fue un gran golpe de suerte. Una semana más tarde, Faxon entregaba al oficial de inteligencia del Estado Mayor no sólo un detallado informe escrito por él, abordo del *Rio Nati,* sino además, el informe oficial, la evaluación total de las maniobras que había hecho el propio estado mayor del país vecino. Sin duda que Faxon tenía un gran futuro en la Armada. Ahora a los treinta y un años, a punto para casarse, iba a terminar con su carrera.

Después de los ejercicios nocturnos que ya eran rutina abordo del *General Carrera*, el crucero navegaba pesadamente por las aguas negras y silenciosas del Pacífico. La larga onda de la ola de la corriente de Humbolt le daba un cabeceo suave y rítmico que hacía agradable la navegación. Hacía ya una hora que Faxon se había hecho cargo de la guardia. En el puente, levemente iluminado, se destacaban el timonel que mantenía sus ojos fijos en el compás. En ambas alas, dos serviolas oteaban el negro e impreciso horizonte. Dos mensajeros y un señalero estaban alertas mientras un guardiamarina secundaba al oficial de guardia tomando el ángulo de Aldebarán, Sirius y Betelguese. Atrás, tratando de permanecer casi desapercibido, estaba Faxon, la espalda apoyaba contra el mamparo, los anteojos de larga vista colgándole del cuello, pero la mente atormentada y el corazón oprimido. Se decía de él que era hombre "profesional". Que todo lo tomaba en serio. Que no perdía detalle y que permanecía atento a la maniobra. Sus cálculos de navegación eran siempre exactos. Si estaba a cargo de un cañón, ese cañón era, sin duda, el mejor del buque. Pero esa noche, apenas ponía atención a lo que sucedía. Había alertado a los vigías ya que el buque insignia navegaba a la cuadra y aunque se tenían instrucciones de mantenerse a seis millas de distancia, navegando en completa oscuridad, bien podía suceder que un viraje inesperado, una mala maniobra o descuidada navegación, lo acercaran peligrosamente al crucero.

Faxon rezaba en silencio. Dios no podía abandonarle en ese trance. Si al menos su ángel de la guarda, ese a quien le había rezado desde niño, pudiera oírlo. O tal vez los ángeles de la guarda de los hombres en la toldilla...

___¡Destellos a babor! ¡Llamada del buque insignia!

Faxon interrumpió su oración y se dirigió inmediatamente al ala del puente. Efectivamente, un poderoso reflector eléctrico emitía destellos, espacios de luces cortas y largas que rápidamente reconoció como las señales de llamada de su buque:

X C E L ; X C E L; X C E L...

___ Señalero, conteste.

El marinero que ya había sacado la cubierta de lona a su reflector, contestó con algunos golpes del gatillo que abrieron y cerraron las persianas metálicas:

___"Listos para recibir mensaje."

El mensaje venía en clave pero era una clave de muy baja prioridad, accesible al oficial de guardia. Faxon lo descifró en pocos minutos:

" Por orden intendente regrese inmediatamente puerto".

Faxon dio la orden de virar en redondo:

___ Un cuarto a babor.

___ Un cuarto a babor, repitió como un eco el timonel.

Le habría gustado decir: "A babor toda la caña", apresurando así el regreso y alejándose más rápidamente todavía de la fatídica orden, que por supuesto, seguía en pié. Pero una virada violenta a la velocidad que llevaba el crucero, habría causado una gran conmoción dentro del buque: se habrían quebrado platos, dislocado huesos y vaya a saberse que otros perjuicios entre esta gente que creía y esperaba navegar en paz.

Iba a tomar el teléfono para avisar al señor comandante, cuando la campanilla del aparato sonó:

____¡Púlpito!--, contestó adivinando que era el comandante.

____¿Porqué ha cambiado de rumbo?

El viejo no dormía tampoco. Talvez le remordía la conciencia o talvez esperaba el resultado de la comisión. A lo mejor, como él, no dormía nunca.

____ Hemos recibido órdenes del buque insignia de volver a puerto. Iba a notificarlo en este momento y anticipando sus órdenes decidí cambiar de rumbo.

____ Está bien.-- Hubo una pausa y luego una pregunta con duda.--¿No alcanzó a cumplir la comisión, entonces?

____ No señor.-- Y quiso añadir: ni pensaba cumplirla tampoco, pero no dijo nada.

____ Suspenda la orden hasta nuevo aviso. Buenas noches.

____ Buenas noches, mi comandante.

El crucero se acercaba a puerto casi dos horas antes de lo acostumbrado. Era todavía noche cerrada. Cuando los destellos del faro aparecieron y Faxon calculó que estaban a catorce o quince millas del fondeadero, hizo llamar al comandante. A los pocos minutos el jefe llegó al puente y después de dar los buenos días al personal que allí se encontraba, preguntó:

____¿A que hora estaba programada la diana general?

____ A las 0530, mi comandante.

Notando que eran sólo las cuatro de la madrugada, el comandante observó:

____ Bueno, nos servirá de ejercicio. Toque llamada general. Zafarrancho de combate.

El propio Faxon movió la palanca que llamaba a zafarrancho. Tocaron timbres arriba y abajo y un gong de ronco tañir empezó a señalar los segundos: Bong, bong, bong. El buque continuaba en la más completa oscuridad. Algunas sombras se deslizaron por la cubierta y se sintió el ruido de pisadas rápidas y ágiles manotadas en las barandas de las escaleras. En pocos minutos el personal del puente cambió casi totalmente. El timonel de combate tomó la caña. Dos señaleros experimentados ocuparon sus puestos a babor y estribor. Un tercero se acercó al puesto de banderas. El oficial de navegación relevó a Faxon. Entonces el comandante dejó escapar una leve sonrisa de satisfacción. Su crucero era el mejor crucero de la Escuadrilla de Evoluciones, la única escuadra de cruceros en Sud América. Faxon se dirigió rápidamente a su puesto: el cañón de proa de 203 mm. Se le designaba como el cañon "A". Lo servían dos marineros primeros, un marinero segundo y tres grumetes.

Minutos más tarde se daba la señal para volver a sus puestos. Pero ya la gente estaba despierta, alerta y vestida. La entrada a puerto, la llamada a "repetido", se haría sin demora y sin dificultad. Faltaba ya tan poco, que Faxon después de entregar su guardia y firmar el libro de bitácora, decidió esperar unos minutos y observar el amanecer antes de bajar a su camarote.

___ ¡Buque a proa! Verde dos.

El serviola que dio este aviso era marino viejo. Ya se habían eliminado en la Armada los colores para indicar los costados e igualmente los números para indicar ciertos puntos imaginarios que ponían a la proa en cero.

No se distinguía el tipo de buque, sólo se notaba un bulto oscuro sobre la superficie del mar. El buque encendió sus luces y casi simultáneamente inició señales de destellos.

El comandante las leyó sin ayuda del señalero.

___ Es el remolcador *Audaz* y viene a abordarnos.

El mensaje no venía en clave pues los milagros se dan al natural.

" Intendente ordena retorno de prisioneros a tierra"

Faxon se retiraba también. Pero se retiraba a descansar. Se retiraba a agradecer a Dios el milagro ocurrido.

Visto desde el punto de vista espacial, infinitesimal, eterno y supremo, el hecho que un hombre muera un año antes o un año después tiene muy poca importancia. En la historia de la Humanidad, o para ir más lejos en la Historia del Universo, una, dos y hasta cuatro o cinco décadas, son insignificantes.

Pero esos hombres permanecerían sobre la tierra algunos años más. Podrían hacer felices a otros seres. Harían también otras huelgas. Votarían contra el gobierno y causarían numerosos desmanes y perjuicios. Se morirían de causas naturales o accidentales, uno por uno, no en un sólo grupo y vivirían algunos años más...Pero el verdadero sentido del cristianismo es que la tumba no es un fin ya que podremos resurgir de ella. Este ritmo de perdición y recuperación, renovación y avance, es el verdadero don de Cristo. Esa es la verdadera motivación de la vida. Esa, es el que traduce su ambición en el diario vivir. Es el que se supera en lo material ya sea por egoísmo o por bondad, o simplemente por que lo considera su deber ineludible.

GOÑI O EL RETORNO A LA REALIDAD

El magnífico automóvil de mi amigo Gonzalo me lleva otra vez por tierras de Navarra. Han pasado treinta años desde que estuve en esta misma tierra enseñando a nuestros aliados políticos las mejores técnicas para matar a sus semejantes. Tengo ya casi once lustros. Nos vamos acercando a un cerro cónico cuya cima no se ve pues está cubierta con la niebla. Se notan sin embargo, manchones de matorrales y bosques de encinas. Pasamos cerca de una aldea que queda un poco distante del camino. Es Ollo. Milagrosamente los simpatizantes de la ETA ni del Herri Batasuna han repintado el letrero que todavía proclama: Ongi etorriak . Más adelante está Artuta.

El camino comienza a subir pero es una pendiente leve. Gonzalo y su cuñado que, curiosamente lleva también el nombre de Gonzalo, me acompañan en mi peregrinación en busca de mis raíces vasco-navarras. En el asiento trasero, junto a su padre, duerme un tercer Gonzalo. A ése lo llamamos Gonzalito. Ayer estuvimos en Beasaín y visitamos Alzaga donde todavía se levanta como el más importante de la aldea, el caserío de Urrutiaivera. De allí salió en 1542, Don Martín de Urrutia y Arzac rumbo a América. Así lo dice el libro de la familia que un pariente insensible vendió a un coleccionista norteamericano.

Ahora buscamos la raíz del grueso tronco de la familia de mi madre. Llegados al pié el cerro. Gonzalo se muestra un poco preocupado, hay barro y nieve y el camino es de tierra. Pero luego de negociar la primera curva retornamos al pavimento y en un camino zigzageante vamos subiendo la empinada colina.

La niebla se hace más espesa. Apenas podemos distinguir el pueblo que se alza en lo más alto de la montaña. El pueblo parece estar en reparaciones. Se trata de obras del alcantarillado o del agua potable. Una fuente enorme mana agua en lo que podría considerarse la plaza. El pueblo está desierto. No hay nadie. Desde un caserón con enorme puerta enmarcada en piedra se abre un postigo y alguien da señales de vida. Abandonamos el coche y nos dirigimos a la iglesia. Es un edificio moderno con una torre que tiene una apertura hacia cada uno de los cuatro puntos cardinales.

En mis viajes de investigador he aprendido que el cura de la aldea es siempre fuente histórica. Pero la iglesia está cerrada. No hay casa cural. Hacia el sur, mirando la niebla que probablemente oculta a Urdanoz y Munarriz, no hay nieve pero una gruesa capa de hielo cubre el pavimento. Camino cuidadosamente para no resbalar.

Convencidos de que no hay nadie, volvemos hacia nuestro vehículo. Ahora hay tres personas esperándonos. El mayor es un viejo que viste un pesado chaquetón, cubre su cabeza con una boina azul y viste pantalones de pana gruesos. Los otros dos son hombres jóvenes que visten mono azul. Probablemente son trabajadores de las obras de alcantarillado que temen ser sorprendidos sin estar trabajando.

No recuerdo como se inició la conversación. Les explico que vengo de América buscando datos sobre mi ancestro. Mis preguntas fueron rápidamente contestadas. Si, éste era San Miguel de Goñi. Si, la ruinas del castillo existían todavía y se podía ver aún donde corrían las paredes, pero eran sólo los cimientos. No, de los caballos no sabían nada. Si, había caballos pero pocos. Esta no era zona de caballerías.

Luego me entrometí en algo que obviamente era un asunto privado. Dirigiéndome al viejo le pregunté:

___ ¿Este era el Don Teodosio que mató a su padre y a su madre y vino a esta serranía a hacer penitencia por treinta años, hasta que el Arcángel San Miguel le trajo el perdón de Dios?

El hombre empalideció repentinamente y me preguntó con enojo:

___ ¿Y cómo sabe usted eso? ¡Aquello sucedió en el siglo noveno!

En ese momento, la campana de la iglesia se echó a tañar lugubremente. Un alud se desprendió del costado de la montaña y cayó con un ruido de tren expreso por la ladera. Un viento helado, o tal vez fue nuestra imaginación, nos envolvió a todos.

Uno de los mozos se subió a un automóvil que no habíamos notado y partió a gran velocidad montaña abajo por el camino a Munarriz. Gonzalito quiso irse. El viejo desapareció también pero sólo lo noté cuando dio un portazo en su casa de piedra. Creo haber oído que trancó la puerta. Fue un momento de misterio.

Quedaba un sólo hombre ante nosotros. Le pregunté:

___ ¿Quién era ese señor con el que conversábamos?

___ ¿Cual señor?-- me contestó-- aquí sólo estábamos mi compañero y yo. No había nadie más.

Imposible fue convencerlo de que el hombre de boina azul había estado allí, con nosotros. Pronto se molestó con nuestras preguntas y se alejó también de donde había venido.

Golpeamos inútilmente la puerta de la casa del viejo. Nadie contestó.